JOURNAEL

HENDRICK HAMEL

일러두기

* 《하멜 보고서》의 필사본을 정리한 헨니 사브나이에(Henny Saveniji, 이해강) 선생님의 원고를 번역본으로 삼았습니다.

* 외래어는 '17세기 네덜란드어 발음'을 살려 표기하였습니다. 예를 들어 외래어표기법에 따라 적으면 'Sperwer'는 '스페르베르'이지만 이 책은 '스뻬르베르'로 적었습니다. 이렇게 하면 '17세기 우리말 발음'까지 살아나는 이점이 있습니다. 네덜란드어는 17세기나 지금이나 표기법 변화는 있지만 소리 변화는 거의 없습니다. 그래서 '뿌우산(부산)' 등 하멜의 표기를 통해 당시 우리말의 'ㅂ순경음' 원음을 유추해 볼 수 있습니다.

* 'Hamel'의 네덜란드어 발음은 '하멀'이지만 이미 우리에게 '하멜'로 굳어져 있기 때문에, 편의상 그의 이름만 달리 표기하였습니다.

하멜 표류기

헨드릭 하멜 지음 | 유동익 옮김

더스토리

1653년 6월 18일, 네덜란드 동인도회사의 상선 '스뻬르베르 호'가 자카르타를 출발한다. 중간 기착지는 타이완, 최종 목적지는 일본 나가사키 데지마 섬의 네덜란드 상관. 그런데 타이완을 떠난 후 7월 말부터 폭풍우에 휘말려 배가 표류하기 시작한다.

1653년 8월 16일, 스뻬르베르 호가 제주도에 난파한다. 선원 64명 중 36명만 생존. 제주목사 이원진이 고향에 돌아갈 수 있도록 애써 주겠다고 했지만, 통역관으로 온 벨테브레(박연)가 "너희가 새라면 날아가도 좋지만 어떤 외국인도 이 땅에서 내보낼 수 없다"는 조선 왕의 말을 넌지시 전한다. 불안감에 휩싸여 있을 때, 새로 부임한 목사가 식사량까지 줄이자 진지하게 탈출을 논의하기 시작한다.

1654년 5월 초, 1차 탈출 시도! 바닷가에서 출항 준비를 끝마치고 경계가 소홀한 배를 훔쳐 타고 성급한 탈출을 시도했다가 돛대가 부러지는 바람에 실패한다. 주동자 6명은 곤장을 25대씩 맞았고, 전원이 포승줄에 묶여서 서울로 압송된다(도중에 부상자 1명 사망). 직접 알현한 효종이 아예 "돌려보낼 수 없으니, 일하고 급여를 받으라"고 못박더니 북벌 준비에 한창인 훈련도감으로 전원 발령한다. 하지만 혹독한 겨울 추위에 직접 땔감을 주워 오라고 밖으로 내모는 고약한 집주인의 심술을 견디다 못해서 또다시 시작되는 탈출 모의.

1655년 3월, 2차 탈출 시도! 효종은 겉으로는 청나라에 공손했지만 속으로는 북벌(존명배청)을 준비하고 있었기에 군사 훈련에 참여하는 유럽인들의 존재를 숨기고 있었다. 그런 시기에 항해사와 포수가 청나라 사신이 오가는 길목에 숨었다가 달려 나가서 존재를 알린 것! 하지만 사신이 뇌물을 받고 함구하자, 2명은 감옥에 갇혔고 이내 사망한다. 화가 난 조정 대신들이 하멜 일행도 죽이자고 성화였는데, 왕은 이듬해 33명 전원을 전라도 영암 병영으로 내려보내고 월급을 깎았다.

1656년 3월부터 이들은 광장의 풀뽑기 등 온갖 허드렛일을 한다. 누더기 옷을 입고, 쌀과 소금과 물만으로 연명하기도 한다. 너무 궁핍해서 절도사에게 '구걸을 해야만 살아갈 수 있으니 외출을 허락해 달라'고 청하고 허락을 받는다.

1659년 효종이 승하하며 이들 존재가 애매해진다. 북벌이 중단되니 굳이 외국인을 군사 훈련에 참여시켜서 도움을 받을 필요가 없어졌고, 1660년~1663년 지독한 기근으로 굶어죽는 이가 수천에 달하니, 도적떼가 들끓고 관가의 창고까지 털린다. 절도사는 하멜 일행에게 지급할 쌀도 없다는 보고서를 올린다. 현종이 '3곳에 분산시키라'고 명해서 순천(5명), 여수(12명), 남원(5명)으로 뿔뿔이 흩어진다. 하멜은 여수 전라 좌수영으로 간다.

1664년 하늘에 혜성이 나타나서 온 나라가 뒤숭숭하다. 양란(왜란, 호란) 발발 직전과 같은 불길한 징조라는 것이다. 민심이 팍팍해지고 탐관오리가 들끓었다. 여수 좌수사들도 암행어사에게 발각되어 왕에게 소환되고 형벌을 받는 등 연거푸 악한 자들이 부임한다. 하멜 일행은 이유 없이 하루 종일 뙤약볕에 서 있으라는 명령을 받기도 한다.

1665년 하멜 일행은 자신들의 앞날에 남은 것이 노예 생활뿐임을 확신해서 최후의 탈출을 도모한다. 그들은 더 열심히 구걸해서 돈을 모았고, 그 돈으로 배를 구입한다. 선주는 나라의 처벌이 두려우니 팔지 않겠다고 하다가 2배의 돈을 주니 얼른 배를 넘긴다. 8명이 보름달에 탈출을 결행하기로 약속한다(8명은 외출 교대조라서 잔류).

1666년 9월 4일, 3차 탈출 시도! 이웃들이 의심하고 있었기에 일부러 잔치를 벌인 듯 떠들썩하게 논 다음, 밤에 몰래 성벽을 넘어 배를 떠운다. 조선 전함들 사이로 돛조차 올리지 못하고 숨죽여서 빠져나가고 있는데 누군가 뒤에서 부르는 소리가 들린다. 그들은 뒤도 돌아보지 않고 줄행랑친다. 그리고 무사히 일본 땅에 도착한다.

1666년 9월 14일, 드디어 일본 나가사키 데지마 섬의 네덜란드 상관에 도착! 하지만 곧장 고향으로 가지는 못하고 일본 황제(쇼군)의 명령이 떨어지기까지 1년을 기다린다. 게다가 동인도회사가 '조선이라는 나라를 모르니 행방불명 시기의 월급은 지급할 수 없다'고 통보한다. 이에 하멜이 13년 28일간 밀린 월급을 받아내기 위해서 그간의 일들을 꼼꼼하게 기록한 보고서를 작성한다. 이것이 윤색되어 여행서 붐이 일고 있던 네덜란드로 넘어가니《하멜 표류기》로 출간되고 순식간에 베스트셀러가 된다. 책의 인기 때문에 회사가 월급을 지급한다.

네덜란드령 인도 총독

요안 마에츠싸이꺼르Joan Maetsuijker와

평의회에 바침

「야흐트 더 스뻬르베르Jacht de Sperwer 호의 생존한 장교와 선원들이

1653년 8월 16일 꾸웰빠르츠 섬(제주도)에 난파되어

1666년 9월 14일 그들 중 8명이 야빤(일본)의

낭가삭께이(나가사키)로 탈출하기까지 겪은 일 및

꼬레이(조선) 왕국의 풍습과 위치 등에 관한 보고서」

우리들은 인도 총독과 평의회의 명령으로 1653년 6월 18일 스뻬르베르Sperwer 호를 타고 바따비아(Batavia:자카르타)[1] 에서 포르모사(Formosa:타이완)[2]로 향했다. 꼬르넬리스 께이 사르Cornelis Caesar 경이 함께 승선하고 있었는데, 니꼴라스 페르뷔륵흐Nicolaes Verburgh 경의 후임으로 포르모사 총독에 부임하러 가는 길이었다.

　순조로운 항해로 7월 16일에 따이완Taijoan의 정박지에 도착하여 께이사르 경과 화물들을 내려놓았다. 7월 30일

---

1 네덜란드 동인도회사의 지점이 있던 곳. 당시 유럽에서 동방무역을 주관하던 국영기업을 동인도회사로 통칭했다.

2 포르투갈어로 '아름답다'는 뜻으로, 그곳을 지나던 포르투갈 선원이 '일라 포르모사!(아름다운 섬)'이라고 감탄했던 데서 유래했다.

우리는 따이완 총독과 평의회의 명령으로 다시 야빤(Iapan: 일본)으로 출항했다. 순조로운 항해가 되기를 하나님께 기도 드리며 항해를 시작하였다.

7월 마지막 날, 날씨가 매우 좋았는데 저녁 무렵부터 포르모사 해안가 쪽에서 폭풍이 불어 왔다. 밤이 되자 날씨가 더욱더 거칠어졌다.

8월 1일 새벽, 우리는 조그마한 섬 근처에 있다는 것을 알았다. 어떻게 해서든 섬 뒤편에 닻을 내릴 만한 장소를 찾으려고 최선을 다했고, 결국 위험을 무릅쓰고 닻을 내리는 데 성공하였다. 바다는 더욱더 거세어졌다. 그 섬의 바로 뒤편에 큰 암초가 있었기 때문에 우리는 닻을 내린 상태로 그곳에 갇혔다. 선장이 배 고물[3]의 전망대 창문으로 우연히 발견한 것이 참으로 다행이었다. 안 그랬다면 우리는 이 섬에 난파되어 목숨을 잃었을지도 모른다. 너무 어두웠기 때문에 나중에서야 우리가 그 당시 화승총Musquet[4] 사정거리 안에 있었다는 것을 알았다.

---

3 배의 앞쪽이 이물, 뒤쪽이 고물이다.
4 《하멜 보고서》에 자주 등장하는 '화승총 사정거리'는 학자들간에도 여러 견해(100미터, 120미터, 250미터 등)가 있다. 여기서는 100미터쯤으로 보인다.

날씨가 개고 나서 보니 우리가 있는 곳이 시나(중국) 해안 근처였다. 완전 무장을 한 시나 군대가 해안을 따라 행진하는 것이 보였다. 그들은 우리가 그곳에서 좌초되기를 기대하는 것 같아 보였는데, 다행히 전지전능한 하나님의 도움으로 그렇게 되지는 않았다. 그날 폭풍은 가라앉기는커녕 더욱 심해져서, 우리는 그다음 날까지 그곳에서 정박하였다.

8월 2일

아침 무렵에는 바람이 매우 고요했다. 시나 병사들은 여전히 그곳에 몰려나와 있었는데 마치 배고픈 늑대처럼 우리를 기다리고 있는 것 같았다. 우리는 닻과 밧줄 그리고 여러 가지 상황을 대비하기 위해서 닻을 올리고 항해를 하기로 결정하였다. 그렇게 우리는 그들의 시야에서 벗어날 수 있었다. 그날과 그다음 날 밤에는 거의 바람이 불지 않았다.

8월 3일

아침 녘에 우리가 해류에 의해 20마일miji[5]이나 떠밀려 왔다는 것을 알았다. 다시 포르모사 해안이 보이는 것이다. 우리는 포르모사 해안과 시나 해안 사이로 항로를 정했다. 날씨는 좋았고 미풍이 불었다.

8월 4일부터 11일

바람이 많이 불지 않기도 하고 거센 바람이 불기도 해서 시나 해안과 포르모사 해안 사이를 표류하였다.

8월 11일

우리는 남동쪽에서 불어오는 비를 동반한 강한 바람을 다시 만나서 동북 방향으로 항해했고, 거기서 동쪽 방향으로 진로를 잡았다.

---

5 철자는 영어와 달라도 '마일'이라고 발음한다. 지역에 따라 '메일'로 발음하기도 한다. 당시 네덜란드와 독일은 같은 마일을 썼고, 1마일은 약 7.4킬로미터 정도다. 그런데 이렇게 계산해 보면 하멜이 보고서에 쓴 길이가 좀 과장된 듯하다.

8월 12일에서 14일

비를 동반한 거센 바람이 심해져서, 어떤 때는 항해가 가능했지만 또 어떤 때는 항해를 할 수가 없었다. 바다가 더욱 사나워졌고 끊임없이 파도가 일어나 배가 심하게 흔들렸다. 급기야 배에 물이 들어오기 시작했지만 거센 빗줄기에 더 이상 아무런 대책도 세울 수가 없었다. 육지로 떠밀려 좌초되는 위험을 피하기 위해 그저 표류할 수밖에 없었다.

8월 15일

바람이 너무 심하게 불어서 갑판 위에서 서로 말하는 소리가 들리지가 않아서 의사소통이 되지 않았다. 작은 돛조차 올릴 수가 없었다. 배에는 다시 물이 더 많이 새어 들기 시작해서 물을 퍼내느라 매우 바빴다. 바다가 너무 사나웠고 때때로 거센 강풍을 맞았기 때문에 우리는 침몰을 피할 수 없겠다고 생각하였다. 거센 파도가 덮칠 때마다 배에 물이 너무 많이 들어와서 우리는 침몰을 각오하지 않을 수 없었다.

저녁 무렵, 파도가 뱃머리를 치는 바람에 유리창이 다 날라가고 제1사장斜檣[6]이 부러져 나가고 이물과 고물을 모두 잃을 위험에 처했다. 우리는 전력을 다해 다시 이물을 고정시키려고 하였으나 배가 심하게 요동치고 높은 파도가 계속해서 밀려왔기 때문에 모든 노력은 수포로 돌아가고 말았다. 우리가 할 수 있는 일이라고는 파도를 피하는 것 외엔 다른 방법이 없는 것 같았으며, 앞 돛대의 큰 돛을 약간 올리는 것이 좋을 듯했다. 그래야만 위기에 처한 우리의 생명과 배와 회사의 물품을 가능하면 많이 구할 수 있고 어마어마한 파도에서 벗어날 수 있을 것이라는 생각이 들었다. 우리는 이것이 하나님의 도움 다음으로 최선책이라는 생각이 들었다.

뒤쪽에서 갑자기 파도가 덮쳐서 앞 돛대의 큰 돛을 올리던 갑판 위의 선원들이 거의 휩쓸려 갈 뻔하였다. 배에 물이 가득 차자 선장은 선원들에게 소리쳤다. "전능하신 하나님께 모든 것을 맡기자. 이런 파도가 두 번만 더 밀려오면 우리는 죽을 것이다. 죽음 외에는 더 이상 견딜 수 있는 방법이 없다."

---

6 이물에서 앞으로 튀어나온 돛대 모양의 둥근 나무

두 번째 선시계船時計7의 두 번째 시간쯤 되었을 때 밖을 내다보던 사람이 소리쳤다.

"육지다, 육지다!"

겨우 화승총 사정거리(100미터쯤)를 떨어져 있었는데, 어둠과 폭우 때문에 육지를 보지 못한 것이다.

우리는 노를 내린 다음 즉시 닻도 내렸다. 그러나 파도와 수심 그리고 강한 바람 때문에 닻이 바다에 고정되지 않았다. 그때 갑자기 배가 해안가에 세 번쯤 충돌하더니 산산조각이 나 버렸다. 하갑판 선실에 있던 사람들이 목숨을 구하기 위해 갑판 위로 올라올 시간도 없었다. 갑판에 있던 사람들 중 몇몇은 배에서 뛰어내렸고 다른 몇몇은 파도 때문에 사방으로 휩쓸려 갔다. 해안에 닿은 사람은 15명뿐이었는데, 대부분 알몸이었고 부상을 심하게 입었다. 처음엔 다른 이들은 다 죽었을 거라고 생각했으나, 바위 위에 앉아 있다 보니 차츰 난파선에 갇혀 있는 사람들의 비명 소리가 들렸다. 그러나 너무 어두워서 아무도 발견할 수 없었고 도울 수도 없었다.

---

7 배에서 선원이 사용하는 자체 시간. 새벽 1시경을 뜻한다.

1653년 6월 18일, 네덜란드 암스테르담 동인도회사 소속 상선 '스뻬르베르호'는 바따비아(자카르타)를 출항해서 포르모사(타이완)을 거쳐 야빤(일본)으로 향했다. 그런데 7월 말부터 악천후로 표류를 거듭하다가 결국 8월 16일 꾸웰빠르츠 섬(제주도)에 난파되고 말았다. 64명의 선원 중 36명만 살아남았는데, 거기에 23세의 청년 헨드릭 하멜도 끼어 있었다.

@1668, Johannes Stichter

8월 16일

아침 녘, 몸을 조금이라도 움직일 수 있는 사람들은 다른 생존자가 있는지 찾아보려고 해안가로 갔다. 여기저기에서 사람들이 나타났다. 난파에서 살아남은 사람은 36명이었는데, 앞에서 언급했듯이 대부분 부상 정도가 심하였다. 우리는 난파선을 조사하다가 큰 갑판보 사이에 끼여 있는 사람을 발견하고 곧바로 끄집어냈다. 그러나 그는 갑판보에 끼여 몸이 납작해져 있었기 때문에 3시간 후 죽고 말았다. 15분도 채 되지 않는 사이에 그렇게 아름답던 배가 난파선으로 변하고 선원 64명 중 단 36명만이 살아남았으니, 우리는 매우 낙담해서 서로를 쳐다보았다.

우리는 이번에는 파도에 떠밀려 온 시신이 있는지 살펴보기 위해 해안을 수색하였다. 해안가에서 10~12바뎀 vadem⁸쯤 떨어진 곳에 암스테르담 출신 선장인 레이니어 에흐베르스Reijnier Egberse가 한 팔을 머리 아래로 하고 죽어 있는 것을 발견하였다. 우리는 여기저기에 죽어서 흩어져 있는 다른 선원들 6~7명의 시신과 함께 그를 곧바로 묻어 주

---

8 길이의 단위. 영어의 파톰(fathom)에 해당하며 1바뎀은 6피트(약 3미터) 정도다. 그러니까 본문에서는, 20미터쯤 떨어져 있었다는 뜻이다.

었다.

우리는 또한 파도에 떠밀려 온 생필품들도 찾아 보았다. 왜냐하면 악천후 때문에 요리사가 요리를 할 수가 없어서 지난 2~3일 동안 우리는 거의 아무것도 먹지 못했기 때문이었다. 우리는 간신히 밀가루 한 포대, 고기와 베이컨이 조금 든 상자 하나, 그리고 포도주 한 통을 발견하였다. 포도주는 부상자들에게 유익한 것이었다. 그 순간 우리에게 가장 절실한 것은 불이었다.

사람들이 전혀 보이지 않아서 우리는 그곳이 무인도라고 생각하였다. 정오 무렵 비바람이 잦아들었다. 모두가 비를 피할 수 있도록 돛을 몇 개 이용하여 텐트를 만들었다.

8월 17일

우리는 맥이 빠진 채로 모여 앉아 사람들이 있는지 주위를 둘러보았다. 우리는 야빤(일본) 사람이 나타나기를 바랐는데, 야빤 사람들이라면 우리를 고향으로 보내 줄 수 있기 때문이었다. 우리는 다른 해결책을 찾을 수 없었다. 왜냐하면 함선과 옆에 있는 작은 나룻배는 이미 산산조각이 나서 더 이상 그 배를 타고 항해를 할 수 없었기 때문이었다.

정오가 조금 안 되어, 텐트에서 대포 사정거리[9]쯤 떨어진 곳에서 한 사람을 발견하였다. 우리는 그에게 손짓했지만 그는 우리를 보자마자 달아나 버렸다. 정오가 조금 지난 후, 우리가 머무는 텐트에서 화승총 사정거리만큼 떨어진 곳까지 세 사람이 다가왔다. 그러나 그들은 우리가 하는 행동과 손짓을 이해하지 못하는 것 같았다. 결국 우리 일행 중 한 명이 용기를 내어 그들에게 총을 겨누고 다가가서 마침내 우리가 절실히 필요로 하던 불을 얻었다. 그들은 시나(중국)식 의상을 입었지만 말총으로 만든 모자를 쓰고 있었다. 우리는 혹시 우리가 해적이나 추방된 시나인들이 거주하는 곳에 난파된 게 아닌지 무척 두려웠다. 저녁 무렵 무장한 사람들 1백여 명이 텐트로 다가왔다. 그들은 우리 인원수를 세고는 밤새 텐트 주위에서 우리를 감시하였다.

---

9 200∼300미터쯤이다.

8월 18일

아침부터 우리는 더 큰 텐트를 만드느라 바빴다. 정오 무렵 1천~2천 명에 이르는 기병들과 병사들이 우리 주위로 다가왔다. 그들은 텐트 주위에 군사들을 배치하였다. 그런 후 서기[10], 일등항해사, 이등갑판장, 사환을 텐트에서 끌어내 화승총 사정거리에 떨어져 있던 지휘관에게 데려갔다. 그들의 목에 쇠사슬을 감았는데, 쇠사슬 아래 큰 종이 매달려 있었다. 마치 네덜란드에서 양의 목에 매다는 종과 비슷한 것이었다. 그들이 얼굴을 바닥으로 향한 엎드린 자세로 사령관 앞에 내팽개쳐졌다. 그러자 병사들이 벽력같은 큰 소리를 내질렀다. 텐트 안에 남아 있던 우리 동료들은 그 장면과 소리를 듣고선 서로에게 다음과 같이 말했다. "상급 선원들이 우리보다 먼저 끌려갔으니 우리도 곧 끌려갈 것이다."

그들은 잠시 후에 우리들도 끌고 가서 무릎을 꿇으라고 했다. 지휘관이 우리에게 몇 가지 질문을 하였으나 우리는 그의 말을 알아들을 수가 없었다. 우리는 손짓 발짓으로 야

---

10 회계사의 업무를 담당하며 장교급이다. 하멜이 서기였다.

빤(일본)에 있는 낭가삭께이(Nangasackij:나가사키)로 가고 싶다고 이야기했지만 다 허사였다. 서로 의사소통이 전혀 되지 않았기 때문이었다. 당시 그들은 야빤을 왜 나라Ieenare 혹은 이어뽕Ierpon으로 불렀기 때문에, 야빤이라는 말을 알아듣지 못하였다. 지휘관은 우리에게 아락(Arak: 독한 술)을 한 잔씩 따라 주게 하고서는 우리를 텐트로 되돌려보냈다.

우리를 호위하던 군사들이 우리 텐트에 먹을 것이 있는지 확인하려 했으나, 우리가 가진 것이 위에서 언급한 고기와 베이컨뿐이라는 것을 알고 곧장 이것을 지휘관에게 보고하였다. 그리고 한 시간쯤 후에 우리에게 쌀죽米飮을 조금 가져다 주었다. 우리가 너무 굶주렸기 때문에 먹을 것을 갑자기 많이 주면 탈이 날 수 있다고 생각한 모양이었다.

정오가 지나자 그들이 각자 손에 밧줄을 들고 나타났다. 우리는 그것을 보고 겁에 질렸다. 우리를 밧줄로 단단히 묶어 죽이려는 줄 알았기 때문이었다. 그러나 그들은 해안가에서 여전히 쓸 만한 물품들을 건져 올리느라 큰 소리로 떠들어 대면서 난파선 쪽으로 걸어갔다.

저녁 무렵 그들은 다시 우리에게 밥을 조금 가져다 주었다. 그날 오후 일등항해사[11]가 위도를 측정해 보고 우리가 북위 33도 32분에 위치한 꾸웰빠르츠(Quelpaerts:제주) 섬에 있다는 것을 알아냈다.

8월 19일

그들은 표류물들을 육지로 옮기고 햇볕에 말리기 위해 바삐 움직였으며, 쇠붙이가 있는 목재를 불에 태우느라 분주하였다. 상급 선원들이 지휘관[12]과 그곳에 함께 와 있던 제독[13]에게 다가가서 망원경을 주었다. 그들은 포도주와 바위틈에서 발견한 회사의 은술잔도 함께 가지고 갔다. 그들은 포도주 맛을 보더니 맛있었던지 아주 많이 마셨고, 대단히 행복해 하며 우리의 상급 선원들에게 깊은 우호감을 나타냈으며 은술잔도 되돌려주었다.

---

11 암스테르담 출신의 일등항해사 헨드릭 얀스
12 당시의 대정현감 권주중
13 당시의 제주목 판관 노정

우리는 난파된 곳이 야빤(일본)이어서 고향에 돌아갈 수 있기를 바랐지만, 낯선 자들의 군대가 몰려와서 우리를 에워쌌다. 쇠사슬로 묶여 말이 전혀 통하지 않는 사령관 앞에 끌려가니 눈앞이 캄캄했는데, 그들은 우리에게 음식을 주었다. 게다가 '너희의 소유물은 돌려주겠다'는 선의의 표시로 짐을 봉인하고, 가죽과 철물 등을 슬쩍 훔친 지역민들을 호되게 벌하는 모습까지 보여 주었다.

@1668, Johannes Stichter

8월 20일

그들은 쇠붙이를 얻기 위해 난파선과 나머지 목재들을 불태웠다. 그런데 갑자기 화약이 장전되어 있던 대포 탄알 두 개가 터졌다. 그러자 지휘관부터 군졸까지 모조리 도망쳤다. 잠시 후 그들이 우리에게 오더니 또 폭발할 것이 있는지 손짓 발짓을 해가며 물었다. 우리는 그러지 않을 거라고 이야기했다. 그들은 자신들이 하던 일을 계속하였으며 하루에 두 번씩 우리에게 먹을 것을 갖다 주었다.

8월 21일

아침에 우두머리가 와서 우리를 부르더니, 텐트 안의 물건들을 봉인해야 한다며 가져오라고 명령하였다. 우리는 그렇게 하였다. 우리가 보는 앞에서 그것들은 즉시 봉인되었다. 우리가 앉아 있는 동안 몇 명의 도둑들이 끌려왔다. 난파선 물품을 인양할 때 모피, 철제류, 그 외 물품들을 훔친 약탈자들이었다. 그들은 훔친 물품들을 등에 지고 있었다. 그들은 모든 물품을 보관할 것이라는 징표로 우리가 보는 앞에서 그들을 처벌하였다. 길이가 약 1바뎀쯤 되고 굵기는 보통아이 팔뚝만 한 막대기로 각각 30대에서 40대씩 발바닥을 때렸는데, 몇 명은 발가락이 떨어져 나갔다.

정오 무렵 그들은 우리가 떠나야만 한다고 알렸다. 말을 탈 수 있는 사람에게는 말이 주어졌고 부상 때문에 말을 탈 수 없는 사람은 지휘관의 명령으로 들것에 실렸다. 우리는 곧장 기병들과 보병들의 엄한 호위를 받으며 출발하였다. 저녁 무렵 따장(Tadjang:대정)이라는 작은 마을에 도착했다.

그들은 우리에게 음식을 약간 먹인 후 모두가 함께 잠 잘 수 있는 집으로 데려갔다. 여관이나 숙소라기보다는 마구간처럼 보였다. 그날 4마일쯤을 여행하였다.

8월 22일

아침 무렵 우리는 다시 말을 타고 요새를 향해 가다가 아침을 먹었다. 그곳에는 전함 두 대가 있었다. 오후에 우리는 목관(Moggan:여기서는 제주목을 의미)[14]이라는 도시에 도착하였다. 그 섬을 다스리는 목사의 관저가 있는 곳으로, 그들

---

14 '목'은 행정단위로, 목관(관아)을 두고 목사(행정 지휘관)를 발령냈다. 하멜은 목관을 도시라고 표기했지만, 정확히는 제주시에 있는 목관에 도착한 것이다.

은 주지사를 목소(Mocxo:목사)라고 불렀다.

우리가 도착하자 그들은 우리를 관청 앞마당으로 데려가서 마실 수 있는 죽을 주었다. 우리는 이것이 우리의 마지막 음식이며 우리가 곧 죽을 것이라는 생각이 들었는데, 왜냐하면 그들의 무기와 복장이 소름 끼칠 정도로 무섭게 보였기 때문이다. 무장한 병사들이 약 3천 명쯤 시나(중국) 혹은 야빤(일본)식 의상을 입고 서 있었는데, 이전에 전혀 보지도 듣지도 못한 이들이었다.

서기를 포함해서 전에 차출되었던 네 사람이 이전과 똑같은 방식으로 목사[15] 앞으로 끌려가서 땅을 보며 꿇어앉았다. 잠시 후 목사가 우리를 관아의 큰 마루(대청) 위로 올라오라는 듯이 고함을 치며 손짓을 하였다. 그가 마치 왕처럼 그곳에 앉아서 우리에게 말하는데, 어디에서 왔으며 어디로 가려고 하는지 묻는 것 같았다. 우리는 예전처럼 손짓과 발짓을 해가며 야빤에 있는 낭가삭께이(나가사키)로 가고자 한다고 말했다. 그는 고개를 끄덕이며 알았다는 듯한 표정을 지었다.

---

15 당시 제주목사는 이원진이었다.

우리도 그 네 사람과 동일한 방법으로 목사 앞에 끌려가서 심문을 받았다. 우리는 가능한 모든 수단을 이용하여 우리의 뜻을 전하려 노력하였다. 그러나 우리는 여전히 서로의 말을 이해할 수 없었다. 그는 우리 모두를 어떤 집으로 가게 하였는데, 왕의 숙부[16]가 유배되어 숨질 때까지 평생을 지낸 곳이었다. 그가 이곳에 유배된 이유는 왕의 자리를 찬탈하려다가 왕가에서 쫓겨난 것이었다.

목사는 우리가 머무는 곳을 삼엄하게 경계하였고, 우리에게 매일 약 3/4깟떼이kati[17]의 쌀과 그 정도의 밀가루를 지급하였다. 그러나 반찬은 거의 지급되지 않았고, 그나마 받은 것도 먹기가 힘들었다. 그래서 우리는 식사를 할 때 반찬 없이 소금만 곁들여서 먹었고, 약간의 물을 타서 마셨다.

나중에 알게 된 사실이지만, 목사는 선하고 이해심이 있는 사람이었다. 일흔 살 정도의 그는 시오르(Sior:서울) 출신

---

16 광해군을 가리킨다. 광해군은 실리적인 중립외교를 펼치다가 '친명배금'을 부르짖는 신하들에게 쫓겨났다(1623년 인조반정). 광해군은 폐위되어 강화도로 유배되었다가 1637년 제주도로 옮겨졌는데, 유배 기간에 그를 복위시키려는 시도들이 있었다.

17 무게의 단위. 1깟떼이는 약 625그램, 따라서 3/4깟떼이는 대략 470그램이다.

이었고, 조정에서도 상당한 신망을 받고 있었다. 그는 왕에게 우리를 어떻게 처리할 것인가에 대한 명령을 받기 위해 서신을 보내겠다고 했다. 그곳에서 신속한 왕의 대답을 기대하기는 힘들었다. 왜냐하면 바닷길로 12~13마일을 가서 육로로 다시 70마일쯤을 가야 했기 때문이었다. 그래서 우리는 목사에게 이따금씩 약간의 육류와 다른 반찬을 줄 수 있는지를 알아보았다. 더 이상 소금과 쌀만으로는 지탱하기 힘들었기 때문이었다. 또한 우리는 가끔씩 외출할 수 있도록 허락해 달라고 요청했는데, 몸을 씻고 옷가지를 빨기 위해서였다. 그러자 그는 매일 교대로 6명씩 외출할 수 있게 허락했으며, 반찬도 지급했다.

그는 우리에 관한 것들을 그들의 언어로 질문하고 기록하기 위해 우리를 자주 불렀다. 그렇게 함으로써 우리는 서로에 대해 알게 되었고 비록 매우 서툰 말이었지만 서로 대화할 수 있었다. 목사는 간간이 향연과 오락도 베풀어 주며 우리가 더 이상 슬픔을 느끼지 않게 위로했고, 왕의 서신이 도착하는 대로 우리를 야빤(일본)으로 되돌려보낼 것이라는 말로 매일 우리에게 용기를 주었으며, 부상자들을 치료해 주었다. 이교도들은 기독교인들이 부끄러워할 정도로 우리를 극진히 대해 주었다.

10월 29일

정오가 조금 지났을 때 목사가 서기와 일등항해사와 하급선의[18]를 불렀다. 우리가 목사에게 가자 붉은 수염을 길게 기른 사람이 같이 있었다. 목사는 우리에게 그가 누구인지 물었고, 우리는 그가 우리와 같은 홀란드(Holland: '네덜란드'의 영어식 표현) 사람이라고 대답하였다. 그러자 목사가 웃기 시작했는데, 그가 조선 사람이라고 말하려는 것 같았다.

우리가 서로 손짓 발짓으로 많은 이야기를 나눌 때까지 조용히 있던 그 사람은, 서툰 우리 언어로 우리가 어느 나라 사람이며 어디에서 왔는지 물었다. 우리는 암스테르담에서 온 홀란드 사람이라고 대답하였다. 그러자 그는 우리가 어디에서 왔으며 어디로 가는 중이었는지 물었다. 그래서 우리는 따이완(대만)에서 출발하여 야빤(일본)으로 가는

---

18 하급선의는 상급선의를 도와서 선원들의 건강을 보살피는 의사 역할이나, 실은 이발부터 자질구레한 심부름까지 도맡는 직책이었다. 이때 19세의 앵크하츤 출신 마테우스 에보켄이 불려간 것으로 추정된다.

중이었지만 전능하신 하나님이 우리의 항해를 막았다고 대답하였다. 5일간 계속된 폭풍우로 이 섬에 표류하게 되었고 지금은 관대한 조처를 기대하고 있다고 말했다.

우리는 그에게 이름이 무엇이며 어느 나라 사람이며 어떻게 이곳에 오게 되었는지를 물었다. 그러자 그가 대답하기를, 이름이 얀 얀스 벨떠프레이(Jan Janse Weltevree:박연)[19]이며 더 레이프De Rijp 출신이라고 하였다. 1626년 네덜란드에서 홀란디아Hollandia 호를 타고 출항했고, 1627년 더 아우버께르크(De Ouwerkerk:'구교회'라는 뜻) 호를 타고 야빤으로 가던 중 역풍을 맞아 조선 해안으로 밀려오게 되었다는 것이다. 물이 필요해서 보트를 타고 육지로 갔다가 그곳 주민들에게 세 사람이 붙잡혔는데, 나머지 사람들은 보트를 타고 도망가서 배를 출발시켜 버렸다고 말하였다. 또 셋 중에서 두 명은 17~18년 전 따르떼르(Tarter:청나라)에 의한 침략전쟁[20]에서 사망했다고 말했다. 그 두 사람은 더 레이프 출신의 더르크 헤이스베르즌Dirk Gijsberszn과 암스테르담 출신

---

19 하멜의 글은 애초에 보고서였기 때문에 박연과의 만남이 무미건조하게 기술되어 있는데, 조선측 기록에 따르면 26년만에 고향 사람을 만난 박연이 '제 옷깃이 다 젖을 정도로 울었다'고 한다.

20 병자호란을 말한다.

의 삐떠르스 베르바스트Pieterse Verbaest로, 벨떠프레이와 함께 네덜란드에서 출항했던 자들이었다.

우리 일행은 또 그에게 어디에 살고 있으며 무엇을 하고 이 섬에 왜 왔는지 물었다. 벨떠프레이가 대답하기를, 시오르(서울)에 살면서 왕으로부터 상당한 양의 식량과 의복을 받고 있고, 우리가 어느 나라 사람이며 어떻게 이곳에 오게 되었는지를 조사하라고 보내졌다고 말하였다. 또한 그는 자신도 여러 차례 왕에게 야빤으로 보내줄 것을 청하였으나 왕이 그렇게 할 수 없다고 말하였다는 것도 알려 주었다. 왕은 우리가 새라면 일본으로 날아갈 수도 있겠지만 어떠한 외국인도 이 땅에서 내보낼 수 없다고 말하였고, 그러니까 왕이 내려주는 돈과 의복으로 살며 이 땅에서 생을 마감하게 될 것이라고 말했다. 그는 그것으로 우리를 위로하려는 것 같았다. 그는 우리가 왕 앞에 가더라도 기대할 것이 전혀 없다는 말도 덧붙였다. 그래서 우리는 통역을 구했다는 기쁨이 곧바로 슬픔으로 바뀌었다. 벨떠프레이는 57~58세쯤으로 보였고 모국어를 많이 잊어버려서 처음에는 우리가 그의 말을 거의 이해할 수 없었으나, 한 달이 지나자 그가 다시 모국어를 되찾았다.

목사의 명령으로 앞서 일어났던 일들은 자세히 기록되었고, 벨떠프레이가 그것을 통역하여 우리에게 읽어 주었다. 이 문서는 다음 순풍이 불 때 조정으로 보낼 것이라고 했다.

목사는 답신이 첫 배로 도착할 예정이라고 매일 우리에게 이야기하면서 용기를 주었다. 우리는 그 답신이 우리가 일본으로 떠나도 좋다는 내용이기를 바랐고 그것에 우리의 운명을 맡길 수밖에 없었다. 그는 우리가 어떻게 지내고 있는지 살피려고 벨떠프레이와 상급 감독관을 매일 우리에게 보냈다.

12월 초

전임 목사의 3년 임기가 끝났기 때문에 새로운 목사가 부임하였다. 이 일로 우리는 매우 낙담했다. 왜냐하면 새로운 목사의 부임이 새로운 법을 의미하지는 않을지 걱정이 되었기 때문이었다. 이 걱정은 현실이 되었다. 날씨가 추워지기 시작하지만 우리는 입을 옷을 거의 가지고 있지 않았는데, 전임 목사가 우리 모두에게 만들어서 나눠 준 가죽으로 만든 양말 한 켤레와 신발로 추위를 견딜 수 있었다. 또한 그는 압수했던 책들[21]도 우리에게 돌려주었으며, 겨울을 보낼 수 있도록 큰 통 가득히 기름을 갖다 주었다.

송별연에서 그는 우리를 융숭하게 대접했으며, 벨떠프레이에게 통역을 시켜서 우리를 야빤으로 보내 주지 못한 점과 본토로 같이 가지 못하는 점에 대해 매우 유감스럽다고 말하였다. 우리는 그가 떠나는 것에 대해 너무 슬퍼할 필요가 없었다. 왜냐하면 그가 말하기를, 조정에 가는 즉시 우리를 석방시키거나 가능한 한 빨리 조정으로 부르기 위해 최선을 다할 것이라고 하였기 때문이었다. 우리는 그가 베풀어 준 호의에 대해 감사를 표하였다.

신임 목사가 부임하자마자 우리는 더 이상 부식을 지급받지 못했으니, 다시 식사가 소금이 들어간 쌀과 물로 돌아갔다. 우리는 역풍이 불어서 아직 섬을 떠나지 못하고 남아 있던 전임 목사에게 불만을 토로하였지만, 임기가 끝났기 때문에 자신이 할 수 있는 일은 더 이상 없다는 답변을 들었다. 그러나 그는 우리의 불만을 없애기 위해서 신임 목사

---

21 이때 스뻬르베르 호의 항해일지도 돌려받은 것으로 보인다.

에게 서신을 보냈고, 우리는 그가 섬에 있는 동안 몇 가지 새로운 부식을 제공받을 수 있었다.

1654년

1월 초 전임 목사가 떠나자 상황은 악화되었다. 신임 목사는 우리에게 쌀과 밀가루 대신 보리와 보릿가루를 제공했고 부식은 전혀 주지 않았다. 우리는 부식이 필요했기 때문에 보리를 팔았으니, 각자 하루에 보릿가루 3/4깟떼이에 만족해야 했다. 그러나 매일 여섯 명씩 외출은 할 수 있었다.

그래서 우리는 의기소침한 채 도망칠 방법을 찾기 시작하였다. 왜냐하면 겨울을 지나 봄이 오고 우기가 다가올 정도로 시간이 꽤 지났는데도 왕으로부터 답신이 오지 않았기 때문에, 우리는 이 섬에서 죽을 때까지 죄수로 생을 마감할 것 같은 두려움이 들었던 것이다. 우리는 필요한 모든 장비를 실은 배가 밤중에 부두에 오면 그 배를 타고 달아나려고 했다.

4월 말에 기회가 왔다. 일등항해사를 포함해서 총 6명이 탈출을 시도하였다. (이 중 3명은 나중에 나가사키 탈출에 성공한다.)[22] 일행 중 한 명이 배의 상태와 밀물, 썰물을 점검하기 위해 담을 넘었다. 그런데 개가 너무 짖어서 경비가 삼엄해 지는 바람에 되돌아와야만 했다.

5월 초 항해사는 앞에서 말한 3명을 포함한 5명과 함께 외출했다가, 시 근처의 조그마한 마을에서 출항 장비를 갖추어 놓고 잠시 사람이 자리를 비운 작은 배를 한 척 발견하였다. 그들은 즉시 한 사람을 숙소로 보내 각자에게 (만약의 경우를 대비해서) 준비해 둔 빵 두 덩이씩과 꼬아 놓은 밧줄을 가져오게 시켰다. 그들은 서둘러 다시 배로 돌아가서 각자 물을 한 모금 마신 후에 다른 아무것도 갖지 않은 채 그 배를 모래톱에서 바다로 끌고 갔다. 마을 사람 몇몇이 무엇을 어떻게 해야 할지 몰라 놀라서 바라보고 있었다. 결국 한 사람이 집으로 들어가 화승총을 들고 나와서 배에 탄 사람들을 쫓아 물 속으로 뛰어들었다. 그러나 그들은 이미 바다 한가운데로 나가 있었다. 밧줄을 풀다가 배에 타지 못한 한 명만 해안으로 돌아왔다. 배에 탄 사람들은 돛을

---

22 로테르담 출신의 헤릿 얀슨, 호버트 데니슨, 얀 피너슨 드 브리스다.

올렸는데, 장비를 잘 다루지 못해서 돛대가 갑판 위로 떨어졌다. 온갖 노력을 다하여 다시 돛을 높이 올리고, 밧줄로 돛대와 돛대가름대를 고정시켰다. 그러나 돛대가 부러지면서 돛이 펼쳐진 상태로 다시 갑판에 떨어졌다. 돛대를 다시 세울 수가 없었기 때문에 배가 해안으로 떠밀렸다.

이 광경을 지켜보던 마을 사람들이 즉시 다른 배를 타고 그들을 뒤쫓았다. 배가 다가오자 선원들은 그 배로 뛰어 올라탔다. 마을 사람들이 무기를 가지고 있었지만 그들을 바다에 던져 버리고 그 배로 계속 항해할 생각이었다. 그러나 그 배에는 물이 가득 차 더 이상 항해할 수 없었다. 그래서 그들은 다시 해안가로 되돌아갔다.

그들은 목사 앞으로 끌려갔다. 목사는 그들 몸에 두꺼운 널빤지[23]를 씌우고 쇠사슬로 단단하게 묶었다. 한 손은 널빤지에 연결된 족쇄를 채웠다. 그들은 목사 앞에 꿇어앉았다. 숙소에 갇혀 있던 다른 선원들도 끌려나왔다. 우리는 포박을 당한 채 목사 앞으로 인도되었고, 동료들의 비참한 모습을 보았다. 목사는 그들에게 이 일을 다른 사람들도 알

---

23 죄수의 목에 씌우는 '칼'을 말한다.

제주목사 이원진이 떠나자 우리의 생활은 궁핍해졌다. 먹을 것이 보리와 보릿가루와 소금뿐이었다. 게다가 우리를 야빤으로 보내줄 수 있는 왕의 서신은 해를 넘기고 봄이 다 가도록 소식이 없었다. 우리는 이 섬에서 생을 마감하느니 탈출하자고 마음을 모았다. 하지만 5월에 급히 어선을 훔쳐서 달아나던 6명이 조선배의 돛을 조작하지 못해서 실패, 관아에 끌려가서 곤장을 25대씩 맞았다.

@1668, Johannes Stichter

고 있었는지 물었다. 그들은 동료들이 형벌을 받지 않게 하려고 다른 사람들 몰래 이 일을 했다고 대답하였다.

목사는 선원들에게 왜 그랬는지 물었다. 선원들이 일본으로 가려 했다고 대답했다. 목사는 물과 식량도 없이 이 작은 배로 무엇을 할 수 있었겠냐고 물었다. 그들은 서서히 고통받는 것보다는 빨리 죽는 것이 더 낫다고 대답했다.

목사는 그들을 풀어 주더니, 길이 약 1바뎀 정도에 넓이가 손바닥만 하고 두께는 손가락만 한 곤장으로 벌거벗은 엉덩이를 25대씩 때렸다(태형 25대). 그 때문에 그들은 한 달 동안 자리에서 일어날 수 없었다. 우리도 외출이 금지되고 밤낮으로 더욱 삼엄한 감시를 받아야 했다.

이 섬을 그곳 사람들은 제주도라고 불렀고 우리는 꾸웰빠르츠라고 불렀다. 앞에서 언급했듯이 북위 33도 32분에 위치하고, 꼬레이(Coree:조선) 본토의 남단으로부터 12~13마일 떨어진 곳에 있다. 북쪽에 본토로 항해할 수 있는 항만이 있는데, 보이지 않는 암초와 절벽들이 많아서 그곳 지형을 모르는 사람이 항해하기에는 매우 위험하다. 피난할 수 있는 다른 항구나 닻을 내릴 만한 곳이 없기 때문에, 그 만을 놓치고 지나가면 결국 야빤(일본)까지 표류하는 수밖에 없었다. 섬은 무수히 많은 보이는 절벽들과 안 보이는 절벽들, 암초들로 둘러싸여 있고 많은 사람들이 거주하고 곡물이 풍부하다. 말과 소가 많은데, 그 중 많은 양이 매년 왕에게 공물로 바쳐졌다.

주민들은 본토 사람들에게 천대받았으며, 제대로 대접받지 못하는 가난한 자들이다. 나무가 우거진 높은 산이 하나 있고, 나무가 없고 계곡이 많은 낮은 민둥산들에서는 사람들이 벼를 재배했다.

5월 말, 왕으로부터 오랫동안 기다렸던 서신이 왔다. 야빤으로 가지 못하고 조정에 가야 해서 슬펐지만 한편으론 이 엄격한 감옥에서 해방되기 때문에 기뻤다. 6~7일 후 우리는 기둥에 양발과 한 손이 묶인 채 전함 네 대에 나눠 태워졌다. 우리를 감시할 병사가 뱃멀미를 하였기 때문에, 만약 우리가 풀려 있다면 항해하는 동안 배에서 도망칠지 모른다는 생각으로 그렇게 한 것 같았다.

우리는 이틀 동안 그렇게 앉아 있다가, 바람이 좋지 않자 배에서 풀려나 갇혀 있던 숙소로 다시 되돌아갔다. 4~5일 후에 바람이 오른쪽에서 불어오자 날이 밝기 전에 우리는

드디어 왕의 서신이 도착했다. 그런데 야빤(일본)으로 보내준다는 내용이 아니라 시오르(서울)로 오라는 것이었다. 이전의 탈출 시도 때문에 우리는 포승줄에 묶여서 배에 올랐고, 순풍을 기다리느라 약 일주일을 대기하다가 출발했다. 하루만에 본토에 닿고, 쎨라도 쩐씨요(전라도 전주)-천상도 꽁씨오(충청도 공주)-쎙가도(경기도) 등을 거쳐 큰 강(한강)에 다다르니 약 보름이 지나 있었다.

@1668, Johannes Stichter

다시 전함에 태워졌고 예전처럼 단단히 묶여 감시되었다. 닻이 오르고 항해가 시작되었다. 그날 저녁 무렵 우리는 본토에 도착하여 닻을 내렸다.

다음 날 아침 우리는 배에서 내려 해안가로 끌려갔다. 그곳에서 병졸들의 삼엄한 감시를 받았다. 그다음 날 말을 타고 헤이남(Heijnam:해남)이라는 곳에 도착했고 저녁에 각기 배가 다른 장소에 정박해서 흩어졌던 우리 일행 36명이 모두 모였다. 다음 날 음식을 먹고 다시 말을 탔다. 저녁 무렵 여삼(Iesam:영암)이라는 곳에 도착하였다, 그날 밤 쀠르머렌트Purmerent 출신의 포수 빠울루스 양스 꼬올Paulus Janse Cool이 죽었다. 그는 난파 직후부터 계속 아팠었다. 여삼 군수의 명령으로 그는 우리가 보는 앞에서 땅에 묻혔다. 우리는 다시 말을 타고 출발하여 저녁에 나에주(Naedjoo:나주)라는 고을에 도착하였다.

다음 날 아침 다시 길을 떠나 저녁에 산시앙(Sansiangh:장성)이라는 고을에서 하룻밤을 지냈다. 다시 아침에 출발했고 낮에 잎암산시양(Iipamsansiang:입암산성)이라는 성이 있는 매우 높은 산을 지나갔다. 밤에 썽옵(Tiongop:정읍)이라는 고을에서 머물렀다. 아침에 다시 길을 떠나 같은 날 떼인(Tejin:태인)이라는 고을에 도착했다.

다음 날 아침 우리는 다시 말을 타고 길을 떠나 정오 무렵 꿈게(Kumge:금구)에 도착했다. 점심을 먹고 다시 길을 떠나 저녁에는 고대에 왕국이 있던 쩐씨요(Chentio:전주)에 도착했다. 현재는 쎨라도(Thiollado:전라도) 관찰사가 거주하는 곳이며 전국적인 상업의 중심지로 여겨지고 있었다. 그 이유는 바닷길로는 올 수 없는 내륙에 위치하고 있었기 때문이었다.

다음 날 아침 다시 길을 떠나 저녁에 여산(Iesaen:여산)에 도착했는데, 이곳이 쎨라도의 마지막 도시였다.

아침에 다시 말을 타고 출발해서 밤에는 근진(Gunjin:은진)이라는 천샹도(Tiongsiangdo:충청도)의 작은 고을에서 보냈다.

다음 날 다시 연산Iensaen이라는 도시에 도착하였다. 여기서 하룻밤을 지내고, 이튿날 아침 다시 말을 타고 저녁에 천샹도 관찰사가 있는 꽁씨오(Congtio:공주)라는 도시에 도착했다.

다음 날 우리는 큰 강을 건너 왕이 머무르는 도시가 있는 셍가도(Senggado:경기도)로 들어갔다.

다시 여러 날을 여행하여 여러 고을과 마을에서 밤을 지

시오르(서울)에 당도하고 2~3일 후 창덕궁으로 불려가서 왕(효종)을 알현했다.
벨떠프레이(박연)가 통역했다. 우리는 부모님과 아내, 아이들, 친구들, 약혼자
를 다시 만날 수 있도록 자비를 베풀어서 아빠(일본)으로 보내달라고 청했다.
그러나 왕은 "이 나라에서는 외국인을 내보내지 않는다. 부양해 줄 테니 죽을
때까지 여기서 살라"고 했다. 그다음 날 우리는 왕의 호위부대에 발령되었다.

@1668, Johannes Stichter

샌 후 마침내 큰 강(한강)을 지나게 되었다. 이 강은 도르드
렉흐트Dordrecht 근처의 마스Maas 강만큼이나 넓었다. 강을
건넌 후 몇 마일쯤 말을 달려서 큰 성으로 둘러싸인 시오
르(서울)에 도착하였다. 이곳에 왕이 살았다. 우리는 총 70~
75마일[24]을 여행하였다. 대체로 북쪽으로 향하였지만 가
끔씩은 서쪽을 향해 가기도 하였다.

　시오르(서울)에 도착해서 2~3일간 우리는 모두 한 숙소
에서 머물렀다. 그런 다음 한 집에 두 명, 세 명, 네 명씩 나
뉘어져 중국에서 도망쳐 와 시오르에 살고 있던 중국인들
과 함께 생활했다. 각 집으로 분산되자마자 왕의 부름을 받
았다. 왕은 벨떼프레이를 통해서 이런저런 질문을 하였고,
우리는 모든 질문에 성심껏 답변하려고 노력하였다. 우리
는 폭풍으로 배를 잃고 낯선 땅에 오게 되어 부모님과 아
내, 아이들, 친구, 약혼자와 다시는 만나지 못하게 되었으
니 자비를 베풀어서 가족들이 있는 본국으로 돌아갈 수 있
게 야빤(일본)으로 보내주기를 간절히 바란다고 왕에게 정
중히 말하였다. 그러자 왕은 벨떼프레이를 통해 "이방인들

---

24 500~550킬로미터 정도의 거리다.

을 이 땅에서 떠나 보내는 것은 이 나라의 관습이 아니므로 여기에서 평생 살아야 하며 그 대신 너희를 부양해 주겠다"고 말했다.

왕은 우리에게 네덜란드 노래를 부르게 하고 네덜란드 춤을 추게 하고 우리가 알고 있는 모든 것을 해보게 하였다. 왕은 우리에게 융숭한 대접을 베푼 후 각자에게 아마포亞麻布 2필씩을 선물했으며, 이것으로 우리는 처음으로 조선식 의복을 입게 되었다. 그런 후에 우리는 숙소로 돌아왔다.

다음 날 총사령관[25]의 부름을 받았는데, 그는 벨떠프레이를 통해서 '왕이 너희를 왕의 호위부대로 임명했다'고 말했다. 우리는 그 대가로 한 달에 각자 쌀 70깟떼이씩 받을 수 있었다. 우리는 꼬레이(조선) 말로 각자의 이름, 나이, 출생 국가 그리고 왕을 호위하는 임무를 새긴 둥근 나무판(호패)을 받았는데 위에는 왕과 총사령관의 낙인이 새겨져 있었다. 그리고 소총(화승총)과 화약과 총알을 받았고, 신월

---

25 훈련도감의 이완 대장이다. 훈련도감은 왜란 때 설치된 중앙군으로, 왜군이 서양의 화승총을 본뜬 조총을 사용하는 것을 보고 삼수병(포수, 사수, 살수) 양성을 목적으로 만들었다.

(초하루)과 만월(보름날) 때마다 총사령관을 방문하여 경의를 표하라는 명령을 받았다. 왜냐하면 이 나라에서는 왕의 하급 관리가 상급 관리에게, 그리고 대신들은 왕에게 한 달에 두 번 경의를 표하는 것이 관례였기 때문이다.

총사령관(훈련대장)이 왕의 임무 수행으로 길을 떠날 때 하급 병사들은 그와 동행해야만 한다. 그는 매년 봄에 3개월, 가을에 3개월, 총 6개월 동안 군사들을 훈련시킨다. 매달 3회 맹훈련을 했는데, 이때 사격 훈련을 실시했다. 훈련은 마치 실전과 같았고 세상의 모든 짐이 그들의 어깨에 달려 있는 것 같았다. 그 당시 많은 중국 병사들이 왕의 호위부대에 있었기 때문에, 중국인 친위병 한 명과 벨떠프레이가 우리의 훈련교관으로 임명되어 조선식으로 우리에게 모든 것을 가르쳤다. 우리는 각자 필요한 것을 갖추고 옷을 제작하도록 아마포 2필씩을 지급받았다.

우리는 매일 많은 고관들에게 불려다녔는데 그들과 그들의 부인들, 아이들이 우리를 매우 신기해 했기 때문이다. 또 꾸웰빠르츠(제주) 섬사람들이 우리 생김새가 사람보다는 괴물처럼 생겼다는 소문을 퍼뜨렸기 때문이기도 했다. 우리가 뭔가를 마실 때 코를 귀 뒤로 돌리더라는 말이 돌았다. 금발 때문에 사람이라기보다 바다 동물처럼 보인다는 말까지 있었다. 그들은 우리가 자신들보다 더 좋은 신체를 가졌다고 생각하였는데, 그들이 우리의 흰 피부를 매우 좋아했기 때문이다. 사실 대부분의 조선인들은 우리가 못생겼다고 생각하지 않았고 우리의 흰 피부를 부러워했다.

처음에 우리는 거의 길거리를 돌아다닐 수 없었으며 구경꾼들 때문에 집에서도 전혀 쉴 수가 없었다. 그러자 총사령관이 자신의 허락 없이는 어느 누구도 우리를 만날 수 없다고 명령했다. 우리 집에 있던 하인들조차 몰래 우리를 불러내서 놀려 댔기 때문이었다.

8월에 따르떼르(Tarter:청나라) 사신이 조공을 받으러 한양에 도착했다. 왕은 우리를 큰 성으로 보내며 따르떼르가 돌아갈 때까지 그곳에서 생활하라고 했다.[26] 이 성은 시오르(서울)에서 6~7마일 떨어진 아주 높은 산에 자리잡고 있는데, 걸어서 2마일 정도 산을 올라가야 했다. 이 요새는 전쟁이 났을 때 왕의 피난처로 사용되었기 때문에 매우 견고

---

26 아버지 인조의 삼전도 굴욕을 목격하고 자신도 인질로 잡혀간 뼈아픈 경험이 있는 효종은 북벌('청나라를 치겠다!')을 준비하고 있었다. 그런데 북벌 계획의 중심에 훈련도감이 있었으니, 조선으로서는 자칫 군사 정보를 누설해서 안보를 위태롭게 할 수 있는 하멜 일행의 존재를 철저히 숨겨야 했던 것이다.

하였고, 유명한 승려들도 이곳에 머물고 있었다. 수천 명이 3년 동안 지낼 수 있을 만큼의 식량이 비축되어 있었으며, 아주 높은 영적 지도자들의 거주지로도 쓰였다. 요새의 이름은 남한산성으로, 우리는 청나라 사신이 떠나는 9월 2, 3일경까지 머물렀다.

11월 말이 되자 날씨가 추워졌다. 시오르에서 1마일쯤 떨어져 있는 큰 강(한강)이 얼었다. 얼음의 두께가 두꺼워 짐을 가득 실은 말 2, 3백 마리가 한꺼번에 지나가도 끄떡 없을 정도였다.

12월 초로 접어들어 총사령관이 우리가 맹추위와 심한 기근에 시달리는 것을 보고 왕에게 보고하였다. 그러자 왕은 배가 제주도에 난파했을 때 떠밀려와 제주도에 건조 중이던 가죽 등을 우리에게 가져다 주라고 명령했다. 그러나 그 대부분이 썩었거나 좀먹은 상태였다. 그는 우리에게 그 것들로 추위를 피할 수 있는 것은 무엇이든 사라고 했다. 우리는 두세 사람이 같이 살 수 있는 집을 몇 채 구입하기로 결정하였다. 왜냐하면 고약한 집주인이 우리에게 매일 땔감을 구해 오라고 잔소리를 했는데, 우리는 혹독한 추위에서 몇 마일을 오가며 땔감을 구하는 것에 익숙하지 않아서 매우 힘들었다.

우리는 하나님 외에 더 나은 삶이 되리라는 아무런 희망이 없었다. 그래서 이교도들에게 착취당하느니 추위를 견디는 게 더 낫다고 생각했다. 우리는 각자 은화 3~4따일taijl[27]씩을 추렴하여 은화 8~9따일 혹은 28~30플로린florin[28] 정도 하는 작은 집들을 몇 채 샀다. 그리고 남은 돈으로 옷을 사서 겨울을 지냈다.

1655년

3월 청나라 사신 일행이 또 왔다. 우리는 다시 바깥출입을 금지당했다. 그런데 사신이 떠나는 날, 암스테르담 출신의 일등항해사 헨드릭 얀스Hendrik Janse와 할렘 출신의 포수 헨드릭 얀스 보스Hendrik Janse Bos가 장작이 다 떨어진 것처럼 행동하여 숲으로 갔다. 그들은 청나라 사신이 지나가기로 되어 있던 길에 숨어서 기다렸다. 수백 명의 기병과 군

---

27 무게의 단위로 1따일은 약 38그램이다. 그런데 여기서는 하멜이 은화를 세는 단위 '냥'을 따일로 표기한 듯하다.
28 당시 네덜란드 화폐 단위

졸들의 호위를 받으며 사신이 나타나자, 그들은 대열을 뚫고 들어가 사신이 탄 말머리를 붙잡았다. 그들은 조선 의복을 벗고 안에 입고 있던 네덜란드 복장을 보여 주었다. 이일은 엄청난 소동을 불러일으켰다.

청나라 사신은 그들에게 누구인지 물었다. 그러나 그들은 서로의 말을 알아듣지 못했다. 청나라 사신은 자신이 하룻밤 묵게 될 곳으로 항해사를 데려오라고 명하였다. 그리고 호위병들에게 항해사의 말을 알아들을 수 있는 사람이 있는지 물었다. 그러자 왕이 즉시 벨떠프레이를 보냈다.

우리들도 왕궁으로 끌려가서 대신들 앞에 섰다. 대신들이 우리에게 이 일에 대해 알고 있었는지 물었다. 우리는 몰랐다고 대답하였다. 그럼에도 불구하고 대신들은 두 사람의 외출을 보고하지 않았다는 이유로 우리에게 각각 곤장 50대씩을 판결하였다. 왕이 보고를 받고 '저들은 폭풍 때문에 이곳에 온 것이지 도둑질이나 약탈을 하러 온 것이 아니다'라는 말과 함께 처벌을 승인하지 않았다. 왕은 우리에게 숙소로 가서 다음 지시를 기다리라고 명령했다.

항해사가 벨떠프레이와 함께 청나라 사신에게 가자 그가 이런저런 일들을 물었다. 왕과 대신들은 청나라 사신에게 많은 뇌물을 주어서 청나라 황제에게 보고하지 않게 하려 했다. 사신이 제주도에서 건져낸 총과 물건을 넘기라고 할까 봐 걱정한 것이다. 항해사와 포수는 즉시 시오르(서울)로 압송되어 감옥에 투옥되었다. 얼마 후 그들은 죽었다. 자연사였는지 처형을 당했는지는 정확하게 알지 못한다. 왜냐하면 그들이 감옥에 있는 동안 우리가 그들을 방문하는 것이 금지되었기 때문이다.

6월에 청나라 사신이 다시 왔을 때 총사령관이 우리 모두를 불렀다. 거기서 벨떠프레이가 왕의 칙서라면서 읽기를, 제주도에 다른 배가 좌초되었는데 벨떠프레이가 그곳까지 가기에는 너무 늦었기 때문에 우리 중 조선말을 제일 잘 구사하는 사람 세 명이 가서 좌초된 배가 어떤 배인지 알아와야 한다고 했다. 2~3일 후 조수와 포수가 조선인 병졸을 선원으로 대동하여 함께 떠났다.

8월에 우리는 감옥에 갇혔던 동료 두 명이 죽었다는 소식과 청나라 사신이 또 왔다는 소식을 들었다. 그래서 삼엄한 감시를 받으며 집 안에 머물렀고, 2~3일 후 청나라 사신이 떠나기 전까지 바깥출입을 하면 태형을 받을 것이라고 들었다. 청나라 사신이 오기 전에 제주도로 떠났던 3명으로부터 편지를 받았다. 그들은 자신들이 본토 최남단의 성에서 삼엄한 감시를 받고 있는데, 자신들이 그곳에 보내진 건 청나라 황제가 꼬레이(조선)의 속임수(하멜 일행의 존재를 숨긴 것)를 알아채고 우리를 요구할 경우에 대비한 거라고 적었다. 관찰사가 자신들이 제주도를 향해 가던 중 좌초하여 죽었다는 편지를 보내서, 우리의 존재를 숨기고 꼬레이(조선)에 붙잡아 두는 것이다.

연말이 되자 청나라 사신이 다시 조공을 요구하러 얼어붙은 강을 건너왔다. 왕이 우리를 집 안에 감금하였다.

1656년

연초에 청나라 사신이 두 번 다녀갔지만 우리를 언급하지 않자, 우리에게 짜증이 난 몇몇 대신들과 고관들이 왕에게 우리를 죽이라고 건의하였다. 이 문제로 3일이나 회의를 하였다. 우리를 동정한 왕과 왕의 동생[29], 군사령관 및 몇몇 고관들은 반대했다. 총사령관은 우리를 죽이기에 앞

---

29 인평대군을 말한다.

서 우리들 각자가 똑같이 무장한 조선인 두 명씩을 상대로 죽을 때까지 싸우게 하는 것이 더 좋을 것이라고 말하였다. 그렇게 하면 왕은 백성들로부터 이방인들을 공공연하게 죽였다는 비판을 받지 않아도 된다는 것이었다. 우리는 회의가 진행되는 동안 바깥출입을 하지 말라는 명을 받고 있었기 때문에, 이러한 사실은 우리에게 호의적인 믿을 만한 사람으로부터 전해 들었다. 앞으로 우리가 어떻게 될지 걱정이 되어 벨떠프레이에게 그 사실을 말했더니, 그는 3일 후에도 우리가 살아 있으면 더 오래 살 것이라는 아주 짤막한 말만 했다.

왕의 동생이 회의를 주재했는데, 회의에 참석하려면 우리가 사는 곳을 지나가야 했다. 우리는 그를 보자 그의 앞에 머리를 조아리고 간청했다. 많은 이들의 반대에도 불구하고 우리는 왕과 왕의 동생 덕분에 목숨을 건질 수 있었다. 우리를 시기하던 사람들이 많았음에도 불구하고 다행히 그들의 주장은 받아들여지지 않았다. 그들은 우리가 중국으로 도망쳐 다시 말썽을 일으키지 않을까 걱정하는 것 같았다. 그래서 우리는 썰라도(전라도)로 유배되었다. 그곳에서 우리는 왕으로부터 한 달에 쌀 50깟떼이를 받았다.

1655년 3월 항해사와 포수가 왕의 명령을 어기고 청나라 사신을 만나서 귀향을 호소했다. 하지만 사신은 뇌물을 받고 우리의 존재를 함구했다. 조정 대신들이 화가 나서 우리에게 곤장 50대의 태형을 내리려 했지만 왕이 반대했다. 그 대신 우리 일행 33명은 1656년 3월 쎨라도 병영에 발령되고 월급도 깎였다. 전라 절도사가 관가와 시장 앞 광장의 풀을 깨끗이 뽑으라고 명령했다.

@1668, Johannes Stichter

1656년 3월 초 우리는 말을 타고 시오르(서울)를 떠났다. 한양에서 1마일쯤 떨어진 강까지 벨떠프레이와 평소 알고 지내던 사람 몇 명이 동행했다. 우리가 나룻배에 몸을 싣자 벨떠프레이는 되돌아갔다. 그것이 벨떠프레이를 본 마지막으로, 다시는 그의 소식을 듣지 못했다.

우리는 예전에 시오르(서울)로 올라갔던 때와 똑같은 길과 똑같은 고을들을 지나갔다. 우리가 머문 모든 고을이 전처럼 모든 음식과 새로운 말을 국비로 제공했다. 마침내 여삼(영암)에 도착하였고 그곳에서 하룻밤을 보냈다.

다음 날 아침 다시 길을 떠나 정오에 큰 성이 있는 큰 고을에 도착하였다. 다윗창(Duijtsiang:태창) 혹은 쎌라뼁(Thella Peing:전라 병영)이라 불리는 곳이었으며 관찰사 다음으로 군대를 책임지는 사령관(절도사)이 사는 곳이었다. 우리를 호위하던 사병이 왕의 칙서와 함께 우리를 전라 절도사에게 인도하였다. 그 사병은 작년에 남쪽으로 멀리 보내졌던 우리 동료 세 명을 데려오라는 명을 받고 떠났다. 그들은 부사령관(우수사)이 사는 성에 있었고 거기에서 약 12마일 떨어진 곳이었다. 그는 즉시 우리 모두 함께 기거할 수 있는 시골집을 마련해 주었다. 3일 후에 세 사람이 합류해서 우리는 모두 33명이 되었다.

4월에 우리는 제주도에 있던 가죽을 받았다. 그것은 시오르로 보낼 만큼 중요하지도 않고 별 가치도 없는 것이었다. 그러나 이곳은 섬에서 18마일 남짓 떨어진 해변 가까운 곳이기 때문에 쉽게 운반할 수 있었던 것이다. 이 가죽 덕분에 우리는 옷 몇 벌을 살 수 있었고 새로 머물 곳에서 필요한 것들을 마련할 수 있었다. 절도사는 우리에게 한 달에 두 번 시장이나 관가 앞 광장의 풀을 뽑고 그 광장을 깨끗이 유지하라는 명령을 내렸다.

1657년

연초에 절도사가 직무상 잘못으로 인해 왕의 명에 따라 자리에서 물러났다. 그는 목숨까지 잃을 수 있었지만 백성들로부터 사랑을 받았고 고위층 출신이었기 때문에 수많은 간청으로 인해 왕으로부터 사면을 받았다. 그 후 그는 더 높은 직책을 맡게 되었다. 그는 우리뿐만 아니라 백성들에게도 매우 잘해 주었다.

2월에 신임 절도사가 도착했다. 그는 전임자보다 우리에게 일을 더 많이 시켰다. 전임자는 땔감을 무료로 주었지만 이제는 우리가 직접 땔감을 마련해야 했다. 우리는 땔감을 구하려고 산을 6마일씩 돌아다녀야 했다. 9월 그가 심장병으로 사망한 이후에야 그 일에서 벗어날 수 있었다. 그는 가혹하게 통치하였기 때문에 우리뿐만 아니라 백성들도 매우 기뻐하였다.

11월에 조정에서 보낸 새로운 사령관이 도착했다. 그는 우리에게 거의 간섭하지 않았다. 우리가 의복 등을 요구해도, 왕으로부터 정량의 쌀을 제공하라는 명 외에는 다른 어떠한 명도 받지 않았으니 필요한 것이 있으면 스스로 알아서 구해야 한다는 답만 했다. 계속 땔감을 구하러 다니느라 우리 의복은 너덜너덜해졌고, 추운 겨울이 다가왔다.

우리는 이 나라 사람들이 호기심이 매우 많고 이국적인 것을 기꺼이 듣고 싶어 할 뿐만 아니라, 구걸하는 것을 수치스러워 하지 않는다는 것을 알게 되었기 때문에 구걸을 해서라도 어려움을 임시로 해결하지 않을 수 없었다. 우리는 구걸과 남아 있는 식량으로 추위를 견디고 필요한 것들도 장만할 수 있기를 바랐다. 또한 우리는 종종 쌀과 함께 소량의 소금만 함께 먹고서 반 마일씩 걸어 다녀야만 할 때도 있었다.

우리는 사령관에게 "우리는 땔감을 직접 구하여 그것을
마을 사람들에게 팔아서 생활해야만 했고 우리 옷은 너덜
너덜해져 거의 벌거벗게 되었다. 또한 쌀과 소금과 물로
만 배를 채워야 하기 때문에 이 모든 것이 정말 힘들다"라
고 호소했다. 만약 우리에게 매일 교대로 먹을 것을 구걸
하러 농가와 절을 방문할 수 있도록 허가해 주지 않으면
겨울을 날 수 없을 것이라고 말했다. 그러자 그는 이를 허
락하여 우리는 약간의 의복을 살 수 있었고 그것으로 겨
울을 보냈다.

1658년

연초에 절도사가 조정으로 소환되고 또다시 신임 절도
사가 부임했다. 새 절도사는 우리의 외출을 제한했고, 1년
에 무명 3필(대략 9길더의 가치에 해당)을 지급하겠으니 그 대가
로 매일 일을 하라고 했다. 우리 옷은 더욱 낡아졌고, 부식
과 여러 생필품은 부족했고, 게다가 그 해는 흉년이었기 때
문에 모든 것이 매우 비쌌다. 우리는 15일에서 20일 정도

교대로 외출하는 것을 요청했다. 그는 우리가 그들이 아주 혐오하는 커다란 병(장티푸스)에 감염되어 있었기 때문에 (우리가) 집에 머물면서 병자를 돌보도록 했고, 왕의 도시와 왜인들의 거주지에 가까이 가지 않도록 명령했다. 우리는 풀을 뽑았으며 때론 다른 일을 해야만 했다.

1659년

4월 왕이 서거하자 청나라의 인정을 얻어서 그의 아들[30]이 왕위를 계승했다. 우리는 예전과 마찬가지로 그럭저럭 잘 지냈다. 당시 우리는 스님들과 사이가 좋았으며, 스님들은 우리에게 매우 관대하고 우호적이었다. 특히 네덜란드와 다른 나라의 풍습에 대해 듣는 것을 매우 흥미로워했다. 그들은 다른 나라의 삶이 어떤지 알고 싶어 해서, 우리가 지치지만 않았다면 밤새도록이라도 들었을 것이다.

---

30 조선의 제18대 왕 현종이다.

1660년, 1661년 그리고 1662년

1660년 초에 즉시 신임 절도사가 임명되었다. 새로 온 절도사는 우리에게 매우 우호적이었고, 자신에게 힘이나 권한이 있다면 우리를 부모와 친구들이 있는 본국으로 보내주고 싶다고 말하곤 했다. 그는 전임 절도사가 우리에게 준 것과 같은 자유(시간)와 부담(해야 할 일)을 주었다. 1660년과 이듬해까지 비가 거의 내리지 않아 작물 수확이 거의 없었다.

1662년 수확철이 되기 전까지 기근이 계속되어서 수천 명이 기아로 죽었다. 도로는 도적떼가 들끓어서 거의 이용할 수 없었다. 그래서 왕은 여행자를 보호하고 기근 때문에 길가에 굶어 죽은 사람들을 묻어 주고 또한 매일 발생하는 살인과 강도를 막기 위해 모든 길에 삼엄한 경비를 서도록 명령하였다. 여러 고을과 마을들이 약탈을 당하였고 국가 저장고에 있던 곡물들까지 털렸다. 범죄자들은 잘 잡히지 않았는데, 대부분 양반의 노예들이 저지른 것이었기 때문이다. 평민들과 가난한 이들은 도토리, 소나무 껍질, 풀 등으로 연명했다.

여기서 이 나라의 위치와 사람들의 풍습에 대해 이야기해 보고자 한다.

우리가 꼬레이Coree라 부르고 조선인들은 조선국Tiocen-cook이라고 부르는 이 나라는 북위 34.5도와 44도 사이에 위치하고 있다. 북쪽에서 남쪽까지 길이가 약 140~150마일이고, 동쪽에서 서쪽까지는 약 70~75마일이다. 그들이 스스로 제작한 지도를 보면, 카드처럼 직사각형 모양의 땅덩이에 해안을 따라 끝이 뾰족한 점과 봉오리가 많은 형태로 그려져 있다.

이 나라는 8개의 도道와 360여 개의 고을로 나뉘어져 있으며, 산에는 성채가 있고 해안가에는 병영이 있다. 지리를 모르는 사람이 해안으로 들어오려면 매우 위험한데, 왜냐하면 아주 많은 암초와 바위 그리고 모래톱 때문이다. 백성들의 수가 많으나, 풍년이 들면 남쪽에서 재배되는 곡물과 면화로 충분히 자급자족할 수 있다.

남동쪽에서 일본까지는 아주 가까운데, 다시 말해 뽀우산(Pousaen:부산)과 오삭까(Osacca:오사카) 사이의 거리가 약 25~26마일이다. 두 곳 사이에 조선 사람들이 쒸씨암(Suissiam:대마도)이라고 부르는 섬이 있는데, 씨맛떼Tymatte라고도 부른다. 그들이 말하기를, 이 섬은 애초에 조선국의 땅이었는데 전쟁(왜란)중에 협약을 통해 일본 땅이 되었으며 조선인들은 그 대가로 꾸웰빠르츠 섬(제주도)를 다시 얻었다고 했다.

서쪽으로 중국 해안가 혹은 난낀(Nankin:남경)이 위치한다. 북쪽으로는 중국의 북부 지방과 산맥을 사이에 두고 경계를 이룬다. 북동쪽에는 큰 바다(공해)만 있기 때문에 북쪽과 경계를 이루지 않았다면 아마 하나의 섬나라로 되었을 것이다.

북동쪽 큰 바다에서는 네덜란드 작살뿐만 아니라 다른 나라에서 만들어진 작살이 몸에 꽂힌 고래들이 매년 발견

된다. 12월~3월에 청어도 엄청나게 잡히는데, 12월~1월에 잡히는 것은 네덜란드 청어와 비슷하고 2월~3월에 잡히는 것은 빤하링panharing[31]과 크기가 비슷하거나 약간 작다. 따라서 조선과 일본과 바이가트(Waeijgat:시베리아 북안의 작은 섬) 사이에는 수로가 있는 것이 분명하다. 우리가 북동쪽 바다를 항해하는 조선인 항해사들에게 북동쪽에 육지가 있는지 물었다. 그들은 그곳에는 바다 외에 아무것도 없다고 대답하였다.

　조선과 중국을 여행하는 사람들은 아주 좁은 만을 건너야 한다. 왜냐하면 겨울에는 산이 너무 춥고 여름에는 들짐승이 돌아다녀 매우 위험하기 때문이다. 겨울에는 아주 쉽게 얼음판 위를 건너갈 수 있는데 이것은 1662년 산 속의 사찰에서 우리가 목격한 것처럼 혹독한 추위와 폭설로 강이 꽁꽁 얼어붙기 때문이다. 가옥들과 나무들이 온통 눈으로 뒤덮이기 때문에 자신들의 집에서 다른 곳으로 이동하

---

31 네덜란드 청어는 한국 청어보다 작은데, 보통 가시를 제거하고 절여서 먹는다. 빤하링이라고 부르는 더 큰 청어가 우리 청어와 비슷한데, 주로 팬에 구워 먹는다. 지금 말로는 박하링(bakharing)이다.

려면 눈 밑으로 터널을 만들어야만 한다. 눈길을 오르내리려면 양쪽 발 아래에 조그마한 널빤지를 묶었는데, 그러면 눈 속에 빠지지 않고 걸어다닐 수 있다.

북쪽 지역 사람들은 보리나 기장 같은 곡물로 연명한다. 쌀과 목화는 추위 때문에 재배할 수 없기 때문에 남쪽에서 가져와야 한다. 평민들의 음식과 의복은 매우 초라하다. 대개 아마포와 털로 된 옷을 입는다. 그 대신 이 지역에서는 인삼이 재배되는데, 이것은 청나라에 조공으로 보내지며 중국인 및 일본인들과 거래된다.

조선 국왕의 권위는 비록 청나라 왕의 승인을 받아야 하지만 절대적이다. 왕은 관료들에게 순종할 필요 없이 자신의 재량에 따라 나라를 다스린다. 개별적으로 도시나 섬 혹은 마을을 소유하고 있는 봉건 영주는 없다. 양반들은 소유지의 재산과 노비로부터 수입을 얻는다. 일부 양반들은 약 2천~3천 명의 노비를 거느린다. 또한 왕으로부터 하사받은 섬과 영지를 소유하기도 하지만, 그들이 죽으면 다시 왕에게 귀속된다.

기병과 보병의 군대에 관하여

수도 한양에는 왕이 다스리는(왕으로부터 급료를 받는) 기병들과 병졸들이 수천 명 있다. 이들은 왕궁을 보호하고 왕이 행차할 때 호위한다. 자유민(평민)들은 복무 기간(7년) 중 1년은 수도 방어에 참여하는데, 각 지방(주, 도)의 평민들 역시 뽑혀서 교대로 1년씩 수도로 파병된다.

8도道에는 사령관(관찰사)이 있고, 그 밑에 부사령관(도사, 판관, 중군)이 서너 명 있다. 각 부사령관은 도시(주, 군)를 관할하는 군관(목사, 군수)을 거느린다. 각 도시를 실제로 관할하는 것은 상급 하사관(현감, 현령)이고, 각 마을에는 하급 하사관(향리)이 있으며, 10명마다 조장이 1명 있다. 그들은 항상 마을의 백성들에 대해 기록하여 매년 상급자에게 보고하기 때문에 왕이 전국에 있는 기병과 군졸들의 수를 알고 유사시에 군사를 동원할 수 있다.

기병은 갑옷과 투구, 활과 화살 그리고 네덜란드에서 곡물을 타작할 때 쓰는 것 같은 도리깨로 무장한다. 도리깨의 끝 부분에 짧은 쇠붙이가 꽂혀 있다.[32] 일부 병사들은 쇠붙

---

32 편곤이라고 한다.

이나 뿔로 만든 갑옷과 투구를 쓰고 있다. 그들은 화승총, 도끼, 단창을 가지고 있다. 장교들은 활과 화살로 무장하며, 일반 군사들은 자비로 마련한 화약과 탄환 50발을 항상 지니고 있어야 한다.

각 읍에서는 주변 사찰 승려들을 교대로 임명해서 산의 성곽과 요새를 자비로 방어 및 보수하게 했다. 이 승려들은 유사시 군사(승군)로 이용된다. 승려들도 도끼, 활, 화살을 가지고 있다. 백성들은 그들을 가장 뛰어난 군사로 여긴다. 지휘관은 승려들 중에서 한 사람을 뽑는다. 승려의 수도 기록되기 때문에 왕은 복역 중인 전국의 평민, 군사, 보초 근무병 혹은 노동자와 승려들의 수를 항상 알 수 있다. 60세가 넘은 사람은 병역에서 면제되며 그들의 자식들이 다시 그의 의무를 넘겨받는다.

왕에 봉사하고 있지 않거나(관직에 있지 않거나) 봉사를 마친(관직을 마친) 모든 귀족(양반)들은 노예(노비)들과 마찬가지로 복역하지 않고 왕토의 적정 면적을 경작해서 세금만 내면 된다. 백성의 반 이상이 여기에 포함된다. 왜냐하면 만약 평민 남성이 여자 노비로부터 아이를 갖거나 평민 여성이 남자 노비로부터 아이를 갖게 될 경우, 그 아이는 노비가 되기 때문이다. 노비 부모에게서 태어난 아이는 노비 주인의 소유가 된다.

해안가의 각 도시는 선원들과 탄약과 장비들을 갖춘 전투용 선박[33]을 갖추고 있어야 한다. 이 선박들은 2층으로 만들어졌는데, 노가 20~24개 있으며 각 노에는 선원들이 5~6명씩 배치된다. 이 배에는 군사 담당자, 노 담당자, 그리고 몇 문의 포와 화기로 무장한 병졸 2백~3백여 명이 탄다. 각 도마다 전투 선박의 선원들을 훈련시키고 감독하는 제독(수군절도사)이 있다. 만약 제독이나 선장들이 사소한 잘못이나 과실을 저지르면, 사안의 경중에 따라 1666년 우리의 수군절도사에게서 목격하였던 것처럼 유배를 당하거나 죽임을 당한다.

어전회의는 지위가 높고 낮은 대신들로 이루어진 왕의 자문기관이다. 그들은 매일 궁궐에 출근하여 모든 사건을 왕에게 보고한다. 그들은 왕에게 어떠한 강요도 할 수 없

---

33 거북선을 의미한다.

으며 물심양면(말과 행동)으로 왕을 보좌한다. 왕과 더불어 이들도 명성을 가진 사람들이다. 그래서 그들이 잘못을 저지르지 않으면 80세까지 이 일을 할 수 있다. 이것은 왕궁에서 관직을 가지고 있는 이들 모두에게 적용된다.

지방 수령의 임기는 1년이다. 다른 지방 관속들은 지위에 상관없이 3년마다 교체된다. 그런데 그들 대부분이 잘못을 저지르기 때문에 임기가 끝나기 전에 쫓겨난다. 왕이 각 수령들의 통치 행정에 대한 충분한 정보를 얻기 위해 스파이(암행어사)를 보내기 때문에 잘못이 발각될 경우 유배 혹은 죽임을 당할 수도 있다.

왕은 땅과 바다에서 생산되는 것에서 수입을 얻는다. 각 고을과 마을에는 작물 혹은 수입을 보관할 수 있는 창고가 있다. 이러한 수입은 매년 10퍼센트(1부) 이자로 평민들에게 대부되는데, 수확을 하는 즉시 반환해야 한다. 양반들은 자신들의 수입에 의존하며 관직이 있으면 왕에게서 급여(녹봉)도 받는다. 지방 관찰사는 도시뿐만 아니라 농촌에 있는 소유지에 집을 지을 때 그 소유지에 대한 세금을 받는데, 세액은 소유지의 면적에 따라 정해진다. 관찰사와 관리들은 세금에서 도시 보수 유지 비용(관청 경비)으로 지출한다.

군인이 아닌 평민들은 매년 3개월 동안 부역에 나간다. 이때는 국토 유지를 위해 필요한 최소한의 일들을 한다. 도시와 고을에 소속된 기병과 군졸은 한양에 올라간 기병과 군졸에게 급여를 지급하기 위해 매년 아마포 3필(9길더 50센트에 상당하는 금액)을 내야 한다.

중범죄와 처벌에 관하여

왕에게 항거하거나 왕좌를 찬탈하려는 사람의 가문은 멸족한다. 그의 집은 완전히 허물고 어느 누구도 그 집 터 위에 다시는 집을 짓지 못하게 한다. 재산과 노비들은 국가에 압수되거나 다른 사람들에게 넘겨진다.

왕이 내린 평결에 반론을 제기하는 사람도 마찬가지로 처형과 같은 심한 처벌을 받는다. 우리가 조선에 있을 때 있었던 일이다. 바느질을 잘하기로 이름난 왕의 형수에게 왕이 자신을 위해 의복 한 벌을 만들라는 명을 내렸다. 그녀는 왕을 매우 싫어하였기 때문에 의복 안감에 부적을 넣어 바느질했다. 왕은 그 의복을 입을 때 항상 불안한 생각이 들었다. 그래서 그 의복을 뜯어 조사했고 부적이 발견되었다. 왕은 구리바닥으로 된 방에 그녀를 가두고 불을 지펴 죽게 하였다. 그러자 명문가 출신으로 왕궁에서 높은 명성을 누리던 그녀의 친척 중 어떤 수령이 누구나 남자보다 여자를 더 용서해 주어야 하기 때문에 왕의 형수와 같은 여인은 다른 처벌을 받았어야 했다며 왕에게 상소문을 올렸다. 왕은 그를 불러 하루에 정강이를 120대를 때리게 한 후 참수하고 그의 전 재산과 노비를 몰수하였다.[34]

그러나 다음과 같은 범죄들은 가족까지 처벌하지는 않는다.

남편을 죽인 여인은 많은 사람들이 오가는 길에 그녀를 어깨까지 땅에 묻은 후 나무 톱을 그 옆에 놓아 두었다. 양반을 제외하고 그곳을 지나가는 사람들은 그녀가 죽을 때까지 한 번씩 그 톱으로 그녀의 머리를 켜야 했다. 이 범죄가 발생한 마을은 몇 년 동안 고을의 권리와 자체적인 수

---

[34] 효종의 형수인 소현세자빈 강씨를 말한다. 인조의 장남인 소현세자가 1645년 청나라에서 귀국하자마자 갑자기 죽자 독살설이 퍼졌고, 그 동생으로서 즉위한 효종이 의심받으면서 1646년 강빈옥사가 일어났다. 이에 황해 감사 김홍욱이 소현세자빈의 억울함에 대해 상소를 올렸다가 1654년 참수를 당했다.

령을 잃게 되며, 다른 고을의 수령이나 일반 양반의 통치를 받아야 했다. 또한 평민이 고을 수령에 대해 불만을 표출했을 때에도 같은 처벌이 내려졌다.

남편이 부인을 죽였을 때 간통 혹은 그와 유사한 타당한 이유를 증명할 수 있는 사람은 처벌을 당하지 않았다. 여자 노비를 죽인 사람은 주인에게 3배에 이르는 값을 지불하여야 한다. 주인을 죽인 노비는 끔찍한 고문을 당하며 죽임을 당한다. 주인은 사소한 이유로 자신의 노비를 죽일 수 있다. 살인범은 여러 차례 발바닥을 맞은 후에 피해자가 당한 동일한 방법으로 죽게 된다.

살인자는 다음과 같이 처벌한다. 살인자는 자신이 죽인 사람의 온 몸을 식초와 더럽고 악취 나는 물로 씻은 후, 그 물을 깔때기로 살인자의 목에 붓는다. 그래서 그의 몸이 그 물로 가득차면, 막대기로 배가 터질 때까지 배를 때린다.

이곳에서도 절도범에 대한 엄중한 처벌이 있음에도 불구하고 절도범들이 상당히 많다. 절도범들은 죽을 때까지 발바닥을 때려서 서서히 죽인다. 만약 결혼한 여자를 강간하려고 하였거나 정을 통한 자가 있다면, 남녀 모두를 거의 나체 혹은 얇은 속옷만 입히고 석회로 얼굴을 칠한 후 두 사람의 귀를 뚫어 화살로 연결하고 등에 작은 북이나 징을 매달아 온 동네로 돌아다니게 한다. 이때 형리가 그것을 내리치면서 이들은 간통한 자들이라고 외친다. 마을을 다 돈 후에는 각기 볼기를 50~60대씩 맞는다.

세금을 내지 않으면 한 달에 두세 차례씩 세금을 완납하거나 죽을 때까지 정강이를 맞는다. 세금을 내지 않고 죽을 경우 가족이나 친척이 대신 지불해야 하기 때문에 왕과 국가가 세금을 거두지 못하는 일이 거의 없다. 가장 일반적인 처벌은 볼기를 벗겨 종아리를 때리는 태형으로, 조선인들은 그것을 수치로 여기지 않는다. 왜냐하면 거짓말 한마디만으로도 매를 맞는 사람이 허다했기 때문이다.

수령들은 상관의 승인 없이는 어느 누구에게도 사형 선고를 내릴 수 없다. 반역죄라 할지라도 임금에게 보고하지 않고는 사형 집행을 할 수 없다.

정강이를 때릴 때는 다음과 같은 순서로 진행된다. 먼저 작은 의자에 앉히고 양다리를 묶는다. 발등 위와 무릎 아래를 손바닥 너비만 한 줄로 각각 묶고, 그 사이를 팔길이만 한 곤장으로 때린다. 곤장은 참나무나 오리나무로 만들어 졌다. 둥글고 앞면은 손가락 두 개만 한 넓이에 동전 한 개 정도의 두께다. 처벌은 한 번에 30대 이상 때릴 수 없어서, 서너 시간 쉰 다음 집행을 마무리하기도 한다. 만약 죄인을 빨리 죽이려고 한다면 3~4풋트(voet:피트에 해당) 길이의 팔 두께만 한 막대기로 무릎 바로 아래 부분을 때린다.

발바닥을 때릴 때는 다음과 같은 순서로 진행한다. 죄인을 바닥에 앉히고 양쪽 발의 엄지발가락을 묶고 허벅지 사이에 막대기를 끼워서 들어올린다. 3~4풋트 길이의 팔 두께만 한 둥근 막대로 재판관이 만족할 때까지 발바닥을 여러 대 때린다. 이러한 고통스러운 방법으로 그들은 모든 범죄인들을 고문한다.

볼기를 때릴 때는 다음과 같은 순서로 진행한다. 바지를 벗기고 죄인을 평평한 바닥에 눕히거나 형틀에 묶는다. 여인들을 다룰 때는 수치심을 줄이기 위해 속옷을 입히고 때리기 좋도록 먼저 물로 적신다. 길이가 4~5풋트 정도에 윗부분이 손바닥만 하고 두께가 새끼손가락만 한 막대기로 때린다.

이와 같은 태형 100대는 사형 다음으로 가혹한 처벌이다. 판결을 내리는 동안 남자와 여자를 의자에 앉힌 채 길이가 2~3풋트에 두께가 엄지손가락만 한 나뭇가지로 정강이를 때린다. 그렇게 두들겨맞으면 큰 소리로 비명을 지르기 때문에 그 주위의 사람이나 형을 집행하는 사람들은 형벌보다 그 비명 소리를 더 두려워하였다. 어린아이들은 좀더 작은 회초리로 정강이를 때린다. 이보다 더 많은 처벌이 있지만 모두 기술하기에는 너무 많다.

종교, 사원, 수도사, 그리고 종교 분파에 관하여

평민들은 약간의 미신을 가지고 있고 우상을 섬기지만, 국가에 대해 더 많은 경외심을 가진다. 고관들과 양반들은 우상을 전혀 섬기지 않는다. 자신들이 우상보다 더 뛰어나다고 생각하기 때문이다. 그래서 가난한 사람이나 부유한 사람이 죽으면 승려들이 죽은 자를 위해 염불을 하고 고인에게 바칠 예물을 가져온다. 염불식에는 가족과 일가친지들이 참석한다. 가끔 양반이나 고승이 사망하였을 경우 가족과 일가친지들이 망자를 추모하는 장례식에 참석하기 위해 30~40마일을 걸어서 참석하는 경우도 있다.

명절에는 일부 평민들과 농부들은 우상 앞에서 절을 하며 번제燔祭의 표시로 불상 앞에 놓여 있는 향로에 향을 피우고 다시 절을 한 후 더 이상 아무런 행동도 하지 않고 그 자리를 떠난다. 그것이 그들이 우상을 숭배하는 방법이다. 그들은 선한 일을 하는 사람은 나중에 복을 받고 악한 일을 하는 사람은 그에 대한 벌을 받는다고 믿는다. 그들은 설교나 교리를 알지 못한다. 그저 신앙 안에서 자신들이 해야 할 일을 할 뿐이다. 신앙에 대해서 결코 논쟁을 하지 않는다. 왜냐하면 그들은 모두 동일한 신앙을 가지고 있으며 동일한 방법으로 우상을 숭배하기 때문이다. 승려는 매일 두 차례 불상 앞에서 공양과 기도를 드리고 명절날에는 승려들이 모여 불상 옆에서 징, 북 그리고 다른 악기들을 연주한다.

절과 사찰은 그 수가 아주 많은데, 모두 아름다운 산 속에 있으며 각 마을 관청이 관할한다. 승려의 수가 5백~6백 명에 이르는 절도 있고, 한 관할 구역에 3천~4천 명에 이르기도 한다. 승려들은 한 집에 10명, 20명 혹은 30명씩 함께 사는데 그 수가 많기도 하고 적기도 하다. 각 절집마다 가장 나이가 많은 사람이 집안을 다스린다. 일원 중 한 명이 잘못을 저질렀을 경우 구성원들은 잘못을 저지른 사람의 볼기를 20~30대 정도 때릴 수 있으며, 잘못이 크면 자기가 속한 마을의 수령에게 넘긴다. 승려들은 부족한 것이 전혀 없으며 누구든지 승려가 될 수 있고 자기가 원할 때 그만둘 수도 있다. 승려들은 거의 존경을 받지 못하며 국가의 노비나 다름없었는데, 그들이 엄청난 공양을 받지만 국가를 위해서 열심히 일을 하여야 했기 때문이었다.

하지만 주지승은 학식이 높아서 존경을 받았는데, 이러한 사람들은 국사라 칭한다. 그들은 마을의 수령처럼 권한을 행사할 수 있으며 사찰을 방문할 때 말을 타고 어딜 가든지 극진한 환대를 받는다.

승려들은 살아 있거나 혹은 생명체가 될 수 있는 어떠한 것(달걀 같은 동물의 알 등)도 먹어서는 안 된다. 그들은 머리카락과 수염을 깎았으며 여자와 관계를 맺어서는 안 된다. 이러한 계율을 위반하면 70~80대의 곤장 형을 받고 사찰에서 추방된다. 그들은 삭발하고 한쪽 팔에 낙인을 찍어 사람들로 하여금 그가 승려였다는 것을 알 수 있도록 한다. 일반 승려들은 일을 하거나 장사를 하거나 시주를 얻어서 자신들의 생활을 영위해야 한다.

사찰에는 언제나 글읽기와 글쓰기를 배우는 소년들이 있다. 만일 그들이 삭발되었다면 스승인 승려에게 몸종처럼 속해 있어서(동자승) 그들이 얻거나 수집한 모든 것은 스승이 그들을 자유롭게 풀어 줄 때까지 스승의 소유였다. 승려가 죽으면 이 소년들이 상복을 입고 자신의 스승을 위하여 통곡해야 한다. 스승으로부터 자유를 얻은 후라 해도 그렇게 통곡해야 하는데, 마치 아버지가 자식을 길러 준 것처럼 그들을 길러 주고 가르쳐 준 고마운 마음의 표시로 그렇게 한다.

다른 종류의 승려가 있었는데, 불상을 섬기는 것이나 고기를 먹지 않는 것은 일반 승려와 같았지만 삭발을 하지 않고 결혼도 허락되었다.

사원과 사찰은 고관들과 평민들의 시주에 의해서 건축되었다. 누구든지 할 수 있는 한 많은 시주를 하였다. 승려들은 일을 하고 노동의 대가로 그가 속한 사찰이나 절의 주지승으로부터 소액의 급여를 받았다. 주지승은 그 지방의 수령으로부터 그 절의 우두머리로 지명되었다. 승려들에 따르면 고대에는 오직 하나의 언어만이 존재했었으나 그들이 하늘로 가기 위한 탑을 쌓으려고 해서 세상이 변했다고 한다.

기생이나 친구들과 유흥을 즐기려는 고관들이 사찰을 자주 방문했는데, 사찰이 산과 나무가 우거진 조선에서 가장 아름다운 지역에 위치하고 있기 때문이다. 그래서 때론 사찰이 도량보다는 매음굴이나 술집으로 사용되었고, 승려들조차 아락(독한 술)을 매우 좋아하였다.

왕도 한양에는 두 개의 바헤이넌 끌로스떠르스bagijnen closters[35]가 있었는데 한곳은 고관 여성을 위한 곳이고 다른 한 곳은 평민 여성을 위한 곳이었다. 여승도 역시 삭발을 했고 먹는 방법이나 불상을 섬기는 방법도 남자 승려와 같았다. 왕이나 고관들이 그들을 관리하고 후원했다. 이 두 사찰은 4~5년 전에 왕[36]에 의해 폐쇄되었고, 여승들도 결혼할 수 있다는 허락을 받았다.

---

35 베긴회 여신자. 12세기 벨기에의 리에 주에서 창설된 여자 수도원으로, 여기서는 여승들이 거주하는 사찰을 가리킨다.

36 현종을 말한다.

집과 세간에 관하여

고관들의 집은 매우 호화스럽지만 일반 백성들의 집은 초라했는데 왜냐하면 그들은 각자 자기가 원하는 집을 지을 수 없기 때문이다. 지붕에 기왓장을 덮는 것까지도 수령의 동의 없이는 할 수 없다. 지붕은 대부분 코르크 나무껍질이나 갈대나 짚으로 덮었고, 담이나 나무 울타리를 세워 구분하였다. 집은 우선 나무기둥을 세우고, 벽은 밑부분에 돌을 쌓고 위에 작은 목재를 십자 모양으로 엮어서 넣은 후 안팎으로 진흙과 모래를 발랐다. 다 마르면 안쪽 벽을 흰 종이로 도배를 하였다. 방바닥은 아래에 난로 같은 것[37]이 있다. 겨울에는 날마다 불을 때면 계속 따뜻하게 유지가 되어서, 마치 방이라기보다 오븐 같았다. 방바닥에는 기름종이를 바른다. 집들은 단층이지만 위에 작은 다락방이 있어서 자질구레한 물건들을 집어넣는다.

양반들의 집 앞쪽에 별채(사랑채)가 있다. 친구나 친척이나 아는 사람들을 접대하고 머물게 하며 여가를 보내는 곳이다. 대부분 그 앞에 연못과 정원을 가진 집이 있는데 그

---

37 온돌을 말한다.

곳은 많은 꽃과 나무와 기묘한 바위 같은 것들로 꾸며져 있다. 부인들은 아무도 볼 수 없도록 안채에 살고 있다.

장사꾼과 부유한 평민들도 그들의 집 옆에 조그만한 별채를 가지고 있는데 그곳에서 자신들의 업무를 보고 사람들을 담배와 아락으로 접대한다. 부인들은 자유롭게 외출할 수 있고 손님으로 초대되어 갈 수도 있으나, 다만 항상 남자들과는 구별해서 맞은편에 앉는다.

가재도구는 매일 사용하는 것 외는 별로 가지고 있지 않다. 술집과 유희를 즐기는 곳이 있는데, 남자들은 기생들이 노래하고 춤추고 악기를 연주하는 것을 보기 위해 그곳으로 간다. 여름에는 여가를 보내기 위해 녹음이 우거진 숲으로 간다.

조선인은 여행자를 위한 여관이나 숙소는 알지 못한다. 여행객이 양반이 아닐 경우, 그저 길을 따라서 여행하다가 날이 저물면 아무 집이나 들어가서 자기가 먹을 만큼 쌀을 내놓는다. 그러면 집주인은 즉시 그 쌀로 밥을 지어 반찬과 함께 차려 내놓아야 한다. 많은 마을들은 손님 대접을 교대로 하는데 아무도 그런 일에 반대하지 않는다.

한양으로 가는 큰길에는 역참(관영 숙소)과 주막(휴게소)

이 있는데, 양반들도 일반 백성들도 묵을 수 있다. 나라의 명으로 여행하는 양반이 지방으로 여행하게 될 경우 그 근처에서 가장 높은 사람 집에서 묵으며 음식을 제공받는다.

결혼에 관하여

4촌 이내에서는 결혼할 수 없고, 연애도 할 수 없다. 그들은 부모나 친척들 뜻에 따라 정해진 결혼 상대자와 여덟 살, 열 살, 열두 살 혹은 더 나이가 들면 결혼한다. 일반적으로 여자는 자신의 부모에게 아들이 없는 경우가 아니라면 남자의 부모 집으로 가며, 스스로 살림을 꾸릴 수 있을 때까지 그곳에서 산다. 신랑이 신부를 데리러 갈 때는 먼저 일부 가족들을 동반하고 말을 타고 그 고을을 돈다. 그러고 나면 신부가 신랑의 집으로 가는데, 친정 부모와 친척들이 데리고 간다. 그런 다음 가족들은 다른 의식 없이 곧바로 혼례를 올린다.

남자는 그의 부인이 아이를 여럿 낳았어도 내쫓고 다른 여자를 부인으로 맞아들일 수 있으나, 여자는 판결에 의해 이혼을 허락받지 않는 한 다른 남자를 맞아들일 수 없다.

또 남자는 부양할 능력이 된다면 많은 아내를 둘 수 있으며, 그가 원할 때마다 기생집에 갈 수 있고 그러한 것에 대해 남에게 욕을 먹지도 않는다. 부인 중 한 명은 항상 그와 함께 살며, 그녀가 집안 살림을 맡고 다른 부인들은 다른 집에서 산다. 양반이나 고관들은 대개 아내 두세 명을 한 집에서 데리고 살며, 그 중 한 명이 집안의 살림을 주재主宰한다. 각 부인들은 따로 살며, 남자는 자기가 가고 싶은 곳으로 간다. 조선 사람들은 그들의 부인을 여종보다 낫다고 생각하지 않고, 하찮은 잘못으로도 내쫓는 수가 있다. 남자가 자식을 원하지 않으면 여자는 애들을 모두 데리고 나가야 한다. 그런 탓인지 이 나라 인구는 매우 많다.

교육에 관하여

양반과 평민들은 자식을 아주 잘 교육시키려고 한다. 훈장의 감독 아래 글읽기와 글쓰기를 배운다. 그들은 교육을 잘 시키려는 성향이 있으며 부드럽고 점잖은 방법으로 실시한다. 항상 앞서 높은 지위에 오른 사람들에 대한 지식을 배우고 자신들의 본보기로 삼는다. 그들은 밤낮없이 앉아서 글을 읽는다. 그렇게 어린 소년들이 현인들의 저서를 읽고 깨닫고 이해한다는 것은 아주 놀라운 일이다.

각 고을에는 국가와 나라를 위해 목숨을 바친 사람을 추모하기 위해 제사를 지내는 사당이 한 채씩 있다. 양반들은 이런 집에서 항상 책을 읽고, 그곳에 책을 보존한다.

해마다 각 도의 두세 지역에서 과거 시험이 열린다. 관찰사는 각 고을에 시험 감독관을 파견하여 학생들이 학업에 충실하였는지 평가하는데 무과도 문과도 같다. 그 시험을 잘 마친 사람은 관찰사 앞에서 더 자세하게 시험을 치르게 된다. 만일 후보자의 실력이 중앙 정부에서 자리를 얻기에 적합하다면 관찰사가 그 사실을 평가위원회에 편지로 전달한다. 매년 초시初試에서 합격한 전국 학생들이 국왕이 친히 보는 전시殿試에서 다시 시험을 치른다.

이 과거 시험에는 모든 고관들이 전국에서 모이며, 높은 관직에 오르려는 사람들도 응시하는데 그 중에는 이미 무과나 문과에서 관직을 얻은 사람도 있다. 만일 과거에서 합격하면 그들은 더 높은 자리를 얻을 수 있다. 합격 증서는 왕으로부터 받는다. 이런 식으로 관직을 높이려고 하기 때문에 많은 젊은 양반들이 늙었을 때에는 가난해진다. 왜냐하면 합격 증서를 받기 위해서 갖가지 수단을 동원하는데, 그들이 지불해야만 하는 기부금 액수가 때로는 전 재산을 몽땅 쏟아부어도 부족할 정도로 컸기 때문이다.

부모들이 자녀들을 위하여 모든 것을 지불하는 것이 빈번했는데, 그들은 자식이 고관이 되었다는 명분만으로도 전혀 개의치 않았다. 간혹 그렇게 하고도 직위를 받지 못하는 경우도 있었다.

부모들은 자식을 소중히 여기는 것과 마찬가지로 자식들도 부모를 공경한다. 부모가 어떤 잘못을 저질러 도망가면 그 자식들은 부모에 대한 책임을 졌다. 부모들도 마찬가지였다. 그러나 노비들은 자식을 거의 돌보지 않는데 그 아이들이 일할 만한 나이가 되면 주인이 즉시 빼앗아 가기 때문이다.

장례에 관하여

모든 자식들은 아버지가 죽었을 때는 3년, 어머니가 죽었을 때는 2년을 애통해 해야 한다. 애통한 기간에는 승려처럼 음식을 먹으며 어떠한 일도 해서는 안 된다. 부모가

죽으면 직위가 높든 낮든 상관없이 즉시 자신의 일을 포기해야 한다. 여자와 잠자리도 할 수 없어서, 만일 그 기간에 아이를 얻으면 사생아로 간주한다. 꾸중하거나 싸우거나 술을 마셔도 안 된다. 굵은 삼베로 만든 두루마기를 입는데 밑단을 만들지 않았다. 허리에는 삼베 띠를 둘러매는데, 그 굵기가 닻줄만 하고 때로는 사람 팔뚝 두께만 하기도 하다. 머리에는 그것보다 약간 얇은 새끼줄을 대나무 모자처럼 쓴다. 손에 어떤 지팡이를 잡고 있느냐에 따라 부친상인지 모친상인지를 나타낸다. 대나무 지팡이는 아버지를, 나무 지팡이는 어머니를 암시한다. 거의 씻지도 않고 목욕도 하지 않아 그들은 사람이라기보다는 허수아비같이 보인다.

초상이 나면 가족들은 마치 미친 사람처럼 길을 따라 걸어가면서 머리카락을 뜯으며 울며 구슬픈 곡을 한다. 그들은 항상 조심스럽게 죽은 사람을 묻는다. 지관들이 산에 장지를 정해 주는데, 그곳은 대개 물이 흘러들어올 수 없는 산이다. 엄지손가락 두세 개 두께의 이중 관에다 여러 가지 새 옷과 다른 물건들을, 그들이 할 수 있는 능력껏 집어넣는다.

매장은 봄이나 가을 추수가 끝난 뒤에 한다. 여름에 죽은 사람은 지푸라기로 지은 작은 집 안에 안치하였다가 매장할 때 시신을 그곳에서 집으로 옮겨 옷과 물건들과 같이 관속에 넣는데, 위에서 기술한 대로다.

시신은 아침 일찍 옮기는데, 전날 밤은 매우 즐겁게 지낸다. 상여꾼들이 춤추고 노래하며 앞서가고, 친척들은 소리 내어 곡을 하며 상여를 따라간다. 사흘째 되는 날에는 친척들과 친지들이 무덤을 다시 찾아와 예를 마치고 다시 흥겹게 하루를 보낸다.

무덤 높이는 보통 땅에서 4~6풋트 정도로 매우 화려하고 깔끔하게 만들어지며 고관의 무덤 앞에는 비석과 석상들이 세워진다. 비석에는 망자의 이름, 가문과 족보, 경력 등을 새긴다. 음력으로 3년마다 1년을 13개월로 계산해서, 여덟 번째 달 15일에 그 무덤을 찾아가서 풀을 베고 햅쌀로 제사를 지내니, 이날은 조선인들이 설날 다음으로 즐기는 큰 잔칫날이다.

이 나라에는 점쟁이나 무당들이 있는데 그들은 누구에게도 해를 끼치지 않는다. 그들은 망자가 평안히 저승에 갔는지, 또 좋은 곳에 묻혔는지 말해 주고, 사람들은 그의 지시에 따르며, 죽은 자를 두세 번 옮겨 묻기도 한다.

돌아가신 부모의 장례를 잘 지내고 해야 할 일을 모두 끝마친 후에는, 만일 남겨진 유산이 있으면 맏아들이 그 집과 거기에 딸린 모든 것까지 차지한다. 토지와 나머지 물건들은 아들들에게만 나누어진다. 아들이 있는데도 어떤 유산의 일부를 딸들이 물려받았다고 말하는 것을 우리는 들어본 적이 없다. 여자들은 옷가지나 자신의 결혼과 관련된 예물만 가질 수 있다.

부모가 여든 살쯤 되면 자신의 소유를 아들에게 모두 물려주는데, 자신들이 더 이상 집안 살림을 다스릴 수 없다고 생각하기 때문이다. 그러나 그들은 여전히 자식들로부터 매우 공경을 받는다. 맏아들은 앞에서도 말한 바와 같이 부모님 재산을 물려받아 토지 위에 부모들이 살 수 있도록 따로 집을 지어 부모님의 여생을 돌본다.

국민성에 관하여

이 나라 사람들의 용기, 신의, 성실성에 관해 말하겠다. 이들은 쉽게 도둑질과 사기 유혹에 넘어간다. 사람들을 너무 믿어서는 안 되며 다른 사람을 속이는 것이 영웅시

되며 불명예로 여겨지지 않는다. 그래서 거래를 하다가 속았다고 생각되면 취소해도 된다. 말과 암소의 경우 3~4개월 유예 기간이 있고, 경작지와 부동산은 거래가 확정될 때까지다.

한편 그들은 성품이 온순하고 남을 잘 믿는다. 그래서 마음만 먹으면 쉽게 그들을 속여서 우리가 원하는 대로 믿게 할 수 있다. 그들은 낯선 사람에게 호감을 가지고 있는데, 특히 승려들이 그렇다. 그들은 여성의 마음을 가지고 있다(마음이 연약하다). 믿을 만한 사람들로부터 듣기를, 수년 전 일본인들이 그들의 왕을 시해하고 도시와 마을을 파괴하고 불태웠다. 마음이 연약해서 이 당시에도 많은 사람들이 자살했다. 홀란드 사람 얀 얀츠Jan Jansz가 말하기를, 짜아르(황제)가 얼음 위로 와서 땅을 점령했을 때, 적에게 죽음을 당한 사람들 수보다 숲에서 자신을 목맨 사람들이 더 많이 발견되었다고 했다. 자살은 부끄러운 일이 아니며, 어쩔 수 없는 상황에서 그렇게 했으니 불쌍하게 생각될 뿐이다.

또 다음과 같은 일이 일어난 적도 있었다. 네덜란드, 영국, 포르투갈의 배들이 일본으로 가다가 조선 해안에서 난파했는데, 그 전함들을 나포하려고 했지만 언제나 그들은 바지만 더럽혀진 채 아무런 성과 없이 빈손으로 돌아왔다. 그들은 피를 보고 싶어 하지 않으며, 싸우다가 누군가가 발 아래로 넘어지면 즉시 도망간다.

그들은 병을 싫어하는데 특히 전염병을 싫어한다. 전염병에 걸린 사람들은 즉시 집 밖으로 옮겨져 마을 밖 들판에 지은 작은 지푸라기 집으로 운반한다. 보살펴 주는 사람 외에는 아무도 환자들 곁에 가지 않고 말을 하지 않는다. 그곳을 지나가는 사람은 환자가 있는 쪽을 향해 침을 뱉는다. 도와줄 가족이 없는 환자에게는 다가가서 쳐다보기보다는 그냥 죽게 한다. 전염병이 퍼져 있는 집이나 마을에는 즉시 불붙은 나뭇가지로 표시하고 환자가 있는 집의 지붕에 나뭇가지를 가득 얹어 두어 표시함으로써 그 사실을 모르는 사람에게 경고한다.

교역에 관하여

대마도에서 온 일본인들을 제외한 어떠한 나라 사람들도 조선에서 교역할 수 없다. 이 나라 동남쪽에 있는 뽀우

산(부산)이라는 곳에 일본인들이 무역소(왜관)를 가지고 있고 대마도 도주島主가 관할한다. 일본인들은 그곳에 우리 네덜란드 상인들과 중국인들에게 사들인 후추, 피륙, 명반, 들소뿔, 사슴가죽, 상어가죽 등등의 물건들을 가져와서 일본에서 필요로 하는 물건들과 교환한다.

그들은 몇 가지 거래를 빡낀(Packin:북경)과 중국 북쪽 지역 일부에서 한다. 수송은 말을 이용해서 육로로 하는데, 비용이 아주 많이 든다. 그래서 이 무역은 많은 양을 거래하는 거상들만 할 수 있다. 한양에서 빡낀까지 왕복하는 데 적어도 3개월이 걸린다.

국내에서의 교역은 아마포로 이루어진다. 양반들과 거상들은 은으로 거래하지만, 농민이나 평민들은 쌀 및 곡물로 거래한다.

이 나라는 청나라의 지배를 받기 전만 해도 매우 풍요롭고 행복하였다. 그들이 하는 일은 단지 먹고 마시며 즐겁게 노는 것뿐이었다. 지금은 일본과 청나라의 구속을 받고 있다. 주로 청나라 황제에게 엄청난 양의 공물을 바쳐야 하기 때문에 흉년이 들면 살기가 매우 힘들다. 청나라 사신은 보통 1년에 3회 공물을 징수하러 온다.

조선인들은 단지 12개의 국가만 알고 있다. 그들에 따르면 중국 황제가 만국의 국왕이다. 그래서 과거에는 다른 국가들이 중국에 공물을 바쳐야만 했다고 한다. 그러나 지금은 청나라에 점령을 당해서 다른 국가를 통치할 수 없기 때문에, 각 나라마다 지배자가 있다. 조선인들은 청나라 사신을 띡꺼서Tieckese 혹은 오랑캐라 불렀고, 우리 나라를 남빤꾁(Nampancoeck:남반국)이라고 불렀는데, 그것은 마치 일본인들이 네덜란드에 대해 전혀 알지 못했기 때문에 우리를 포르투갈 사람이라고 불렀던 것과 같은 이치였다.

남빤꾁이라는 이름도 일본인들에 의해 알려졌다. 특히 담배 때문에 잘 알려졌는데 50~60년 전만 해도 이들은 담배에 대해 전혀 몰랐다. 조선인들은 담배를 피우고 재배하는 법을 일본인에게 배웠는데, 일본인들이 담배가 최초에 남빤꾁에서 왔다고 말했다. 그래서 지금도 많은 사람들이 담배를 남빤코이nampancoij라고 부른다. 지금은 담배를 너무 많이 피워서 네다섯 살짜리 아이들도 피우며, 담배를 피우지 않는 남녀를 찾기가 매우 드물다. 담배가 처음 그곳에 들어왔을 때 파이프 한 모금 피우는 양의 담배를 사기 위해 1마스(약 2.5그램)의 은이나 그에 상응하는 가치의 물건을 지불했다. 남빤끽은 그들에게 잘 알려진 가장 좋은 나라 중 하나이다.

조선의 옛 문헌에는 세상에 84,000개의 나라가 있다고 기록되어 있으나 그들은 그것을 우화로 여긴다. 그들은 모든 섬과 절벽과 바위들까지 계산한 것이라고 말하는데, 왜냐하면 태양이 한나절 동안 그렇게 많은 나라를 비출 수 없기 때문이라고 한다. 우리가 몇 나라의 이름을 나열하자 그들은 우리를 비웃으며 그것들은 도시와 도읍의 이름이라고 말했는데, 그 이유는 자신들의 지도에 시암(Siam:태국) 너머의 땅은 나와 있지 않기 때문이다.

이 나라 사람들은 필요한 모든 식량을 자급자족한다. 쌀과 다른 곡물들은 넘쳐날 정도로 재배되고, 면과 삼(대마)으로 직물을 짠다. 누에는 많이 치지만 좋은 비단을 뽑아내는 방법에는 서툴렀다. 은, 철, 납, 호피, 인삼 뿌리 및 다른 물품들도 났다.

그들은 치료 효과가 있는 약초를 가지고 있지만 일반적으로 의원들은 양반을 위해 일하기 때문에 값이 너무 비싸서 평민들은 거의 이용할 수 없다. 자연 환경은 매우 건강한 나라다.

일반인들은 장님이나 무당을 의사로 이용하고 그들의 충고를 따랐다. 그들은 제물을 산, 강가, 절벽이나 바위에 갖다놓고 제사를 지내거나 악마의 신상을 둔 집에서 자문을 구하기도 했다. 악마의 신상을 섬기는 곳은 더 이상 이용되지 않았는데, 왕이 1662년에 모두 철거하고 파괴했기 때문이다.

길이와 무게에 관하여

상인들이 사용하는 길이와 무게의 단위는 전국적으로 똑같았지만, 일반 백성이나 악덕 상인들 사이에서는 여러 가지 속임수가 행해졌다. 그래서 물건을 사는 사람은 항상 적게 받았다고 생각하고 파는 사람은 너무 많이 주었다고 생각한다. 각 지방의 관찰사들이 이런 일을 엄중히 감시하고 있음에도 불구하고 이런 행위를 근절하지 못하는 이유는 사람마다 쓰는 자와 저울이 다르기 때문이다.

화폐는 중국 국경 지역에서만 통용되는 엽전 외에는 알려져 있지 않다. 은화는 무게에 따라 크고 작은 조각으로 발행되며 일본 엽전과 같다.

가축과 가금류에 대하여

조선에는 말, 암소, 황소 등이 있다. 황소는 대부분 거세되지 않는다. 암소와 황소는 농부들이 땅을 경작하는 데 사용하고, 말은 여행자와 상인이 짐을 나를 때 이용한다. 호랑이가 많으며 가죽은 중국이나 일본으로 수출된다. 그 외에 곰, 사슴, 멧돼지, 집돼지, 개, 여우, 고양이와 여러 가지다른 짐승, 많은 뱀과 독성이 있는 동물, 백조, 거위, 오리, 닭, 황새, 왜가리, 독수리, 매, 까치, 까마귀, 뻐꾸기, 비둘기, 도요새, 꿩, 종달새, 참새, 지빠귀, 댕기물떼새와 개구리매외에 많은 조류가 있으며 그 수가 아주 많다.

언어와 계산에 관하여

그들의 언어는 다른 언어들과는 다르고 배우기가 매우어려운데, 하나의 사물을 여러 가지 방법으로 부르기 때문이다. 고관들과 학식이 있는 사람들 앞에서는 말을 천천히

분명히 한다. 세 가지 방식으로 글을 쓰는데 첫 번째는 가장 보편적인 중국인과 일본인의 것과 같으며, 이런 방식으로 국가 및 관리들과 관련된 모든 책이 집필되고 인쇄된다. 두 번째는 흘려쓰는 것으로 네덜란드식 필기체와 같다. 이 서체는 고관과 관찰사가 판결문이나 포고문에서 사용하며 서신을 주고받을 때 쓰기도 하지만 일반 백성들은 잘 읽지 못한다. 세 번째는 가장 간단한 서체로 여자들이나 평민들이 사용한다. 그 서체는 매우 쉽게 배울 수 있을 뿐만 아니라 그 글자를 통하여 알려지지 않은 일과 한 번도 들어 본 적이 없는 이름들을 다른 서체보다 훨씬 더 쉽게 쓸 수 있다. 이 모든 것을 붓으로 능숙하면서도 빠르게 쓴다.

그들은 옛날에 쓰여진 책과 인쇄된 책을 많이 가지고 있다. 책을 소중히 생각해서 임금의 형제나 왕자가 항상 그 문서들을 감독한다.

사본과 활자판은 화재나 다른 재해로 인해 전소되는 것을 피하기 위해 여러 고을과 요새에 보관한다. 책력[38]을 만드는 것에 대한 지식을 가지고 있지 않기 때문에 달력 및

---

38 일 년 동안의 월일, 해와 달의 운행, 월식과 일식, 절기, 특별한 기상 변동 따위를 날의 순서에 따라 적은 책.

그와 유사한 책들은 중국에서 만들어진다. 그들은 목판으로 인쇄하며 종이 각 장마다 다른 목판을 사용한다.

계산은 긴 나무판(주판)으로 하는데, 네덜란드의 계산기와 같은 것이다. 아무도 상업 부기를 몰라서, 물건을 살 때마다 그 매입 가격을 적고 그 옆에 다시 얼마나 많이 팔았는지를 적는데, 이렇게 해서 그 가격을 서로 빼서 얼마만큼의 이익과 손해가 났는지를 안다.

왕이 궁궐 밖으로 행차할 때에는 조정의 모든 대신들이 수행한다. 이때 양반들은 검은 비단옷에 크고 넓적한 허리띠 하나를 찬다. 앞가슴과 등쪽에 무기나 다른 무늬를 수놓았다. 왕의 행차 때 수행 임무를 맡은 기병들과 보병들이 선두에서 훌륭한 복장에 수많은 깃발을 펄럭이며 여러 가지 악기를 연주하면서 행진한다. 그 뒤로 도성 주민들로 구성된 친위대 또는 근위병들이 왕 뒤를 수행한다. 왕은 그들의 가운데에서 아름다운 금색 가마를 타고 가는데, 그가 지나갈 때에는 너무 조용하기 때문에 사람들의 발걸음 소리와 말발굽 소리만 들린다.

왕 바로 앞에는 말을 탄 정승이나 왕을 모시는 다른 시종이 말을 타고 간다. 그때 자물쇠로 잠근 작은 함 하나를 들고 가는데, 왕에게 올리는 상소문을 받아 담는다. 관료나 다른 사람들에게서 부당한 대우를 받았다거나, 판사의 판결을 아직 받지 못했다거나, 부모나 친구들이 부당한 처벌을 받았다거나 하는 내용의 상소문을 써서 왕이 행차할 때 대나무 끝에 매달거나 담장 또는 울타리 뒤에 두거나 하늘로 쳐든다. 그러면 호위병이 지나가며 그 상소문을 거두어 재상이나 다른 사람에게 넘겨준다. 왕은 궁궐에 입궐하면 상소함을 전달받고 처리한다. 그것은 최종 판결이 되고 누구의 반대도 없이 즉시 집행된다.

왕이 행차하는 모든 도로는 양쪽의 통행이 차단된다. 문이나 창문을 열어도 안 되고 담이나 울타리 너머로 엿보아도 안 된다. 왕이 고관 및 보병들 옆을 지나갈 때는 등을 돌리고 서 있어야 하며, 뒤돌아보거나 기침을 해서도 안 된다. 그래서 대부분의 보병들은 작은 나뭇가지를 입에 무는데, 마치 말에 재갈을 물린 듯한 모습이다.

청나라 사신이 오면 왕은 대신들과 같이 친히 도시 밖까지 나가서 맞이하고 예를 표하고 숙소로 안내한다. 청나라 사신이 받는 환영은 왕보다 더한 예를 갖추어 행해진다. 여러 종류의 음악이 연주되고, 곡예사가 사신 행렬을 뒤따르고, 또 많은 사람들이 따라가며 자신들의 재주를 선보인다. 그리고 조선 사람들이 만든 많은 명품들이 사신 일행을 위해 전시된다.

그들이 왕도에 머무는 동안 그들 숙소에서 왕궁까지 이르는 길에는 군인들이 늘어선다. 약 10~12바템 간격으로 두세 명씩 늘어서는데, 그들이 하는 일은 청나라 사신의 숙소에 있는 서신을 차례로 받아서 궁까지 넘겨주어서, 왕이 사신들의 동정을 시시각각 파악할 수 있게 하는 것뿐이다. 모든 방법으로 그들에게 경의를 표하고 잘 대접하여 종주국에 존경을 표하고 청나라 사신들이 불평을 늘어놓지 않도록 노력한다.

1662년[39]

아주 끔찍한 해였다. 3년이나 흉년이 계속되어서 많은 사람들이 굶어 죽었다. 평민들은 더 이상 세금을 바칠 수가 없었다. 어떤 지역은 다른 지역보다 상대적으로 많은 수확을 거두었는데, 예를 들어 저지대 혹은 강변과 늪에 있는 마을들은 여전히 약간의 쌀을 수확할 수 있었다. 그 쌀이 없었더라면 온 나라의 백성들이 굶어 죽었을 것이다. 수군 절도사는 우리에게 더 이상 수당을 줄 수 없다면서 이런 사실을 관찰사에게 글로 써 보냈다. 우리의 수당은 왕의 세입

---

39 원서에 1662년으로 표기되어 있으나, 내용상 1663년의 오류인 듯하다.

에서 지급되는 것이어서 임금에게 보고하지 않고서는 우리를 다른 고을로 보낼 수 없었기 때문이다.

2월 말에 절도사는 우리를 세 고을에 나누어 배치하라는 명령을 받았다. 사에이싱(Saijsing:여수)에 12명, 수니신(Sunischien:순천)에 5명, 남만(Namman:남원)에 5명이었다. 그 당시에는 아직 22명이 건강했다.

우리는 헤어지는 것이 매우 슬펐는데, 왜냐하면 이곳에서는 작은 정원을 가진 집에서 이 나라의 기준에 걸맞게 모든 세간을 갖추어 놓고 살았기 때문이다. 그런 큰 노력의 결실을 버리고 떠나야 했는데, 그처럼 힘든 시기에 새롭게 이루기 쉽지 않은 것이었다. 그러나 후에 일본에 도착한 사람들에게는 이 슬픔은 커다란 기쁨으로 바뀌게 된다.

3월 초에 절도사에게 작별 인사를 하고, 그의 친절한 대우와 우정에 감사하며 각각 배정된 고을로 떠났다. 절도사가 환자들과 짐들을 실을 말을 내 주었다. 그러나 건강한 사람들은 걸어가야 했다. 수니신(순천)과 사에이싱흐(여수 좌수영)로 가는 사람들은 같은 방향으로 떠났다. 첫날 저녁에 한 고을에서 밤을 지내고, 그다음 날은 다른 고을에서, 마침내 넷째 날에 수니신에 도착하였다. 그곳에서 머물 5명만 남고 우리는 이튿날 다시 길을 떠났다.

그날 밤은 창고에서 밤을 지냈고, 아침 일찍 해가 뜨자마자 일어나 출발해서 아침 9시경에 사에이싱에 도착했다. 우리를 데려 온 관찰사의 부하가 우리를 그곳의 충독, 그곳에 주둔한 제독(전라 좌수사)에게 인계하였다. 그는 우리에게 곧바로 가구가 갖춰진 집 한 채를 마련해 주고 이전에 우리가 받던 만큼의 식량을 지급했다. 좌수사는 선량하고 온유한 사람처럼 보였는데, 우리가 도착한 지 이틀 만에 떠나버렸다.

그가 떠난 지 사흘 만에 새로운 좌수사가 부임했는데, 그 사람은 우리에게 친절하지 않았다. 그는 우리에게 여름에는 뙤약볕 아래서, 겨울에는 비와 우박과 눈 속에서 아침부터 저녁까지 온종일 대기하도록 시켰다. 날씨가 좋을 때는 온종일 화살을 주웠는데, 그가 부하들에게 날마다 화살 쏘는 연습을 시켜 1등 사수로 만들고자 했기 때문이다. 그리고 우리에게 더욱더 많은 부역을 부과하였지만, 전능하신 하나님은 그에게 기독교도들을 괴롭힌 죗값을 받게 하셨다. 이에 대해서는 나중에 이야기하겠다.

우리는 슬픔을 참고 살아야 했다. 겨울이 코앞에 닥쳐오는데 흉년 때문에 가진 것이라고는 지금 입은 옷밖에 없었다. 다른 두 고을에 있는 우리 동료들은 그곳의 수확량이 많았기 때문에 옷가지를 장만할 수 있었다. 그래서 우리는 좌수사에게 모든 사실을 말하여, 우리가 3일씩 교대로 절반은 외출하고 절반은 의무를 다하게 해 달라고 요청했다. 나중에 그것이 허락되었다. 왜냐하면 다른 양반들이 우리를 아주 불쌍하게 여겼기 때문에, 우리가 15일에서 30일 동안 돌아가면서 외출하는 것을 눈감아 준 것이다. 우리는 얻어 온 것들을 균등하게 함께 나누었으며, 그 좌수사가 떠나는 1664년까지 내내 그렇게 살았다. 좌수사는 임기가 만료되어 왕의 명령으로 쎨라도(전라도) 사령관 아래의 직위로 임명되었다.

1664년

다시 새로운 좌수사[40]를 맞이하였는데 그는 우리를 모든 부역에서 해방시켜 주면서 다른 고을의 동료들이 하는 만

---

40 이도빈이 여수 전라 좌수영의 새로운 좌수사로 부임해서 2년간 머물렀다.

큼만 일하라고 했다. 한 달에 두 번 검열받고 교대로 집을 보며, 외출할 때는 부관에게 알려서 급한 일이 생기면 그들이 우리들을 찾을 수 있도록 하였다. 우리를 괴롭히던 사람에게서 구하시고 좋은 사람을 그 자리에 부임시키신 선하신 하나님께 감사했다.

신임 좌수사는 우리에게 좋은 것만 해주었고 듬직한 우정을 보여 주었다. 우리를 자주 초대하여 먹고 마실 수 있게 했다. 그는 항상 우리를 불쌍히 여겼으며, 우리가 지금 바닷가에 살고 있는데 왜 일본으로 탈출하려고 하지 않았는지를 물었다. 우리는 떠나고 싶지만 왕이 허락하시지 않고, 뱃길도 모르며, 타고 갈 배도 없다고 대답했다. 그가 "바닷가에 배들이 충분하지 않은가?"라고 물었다. 우리는 배들은 많지만 우리 것이 아니어서, 실패하면 왕이 우리에게 탈주한 죄뿐만 아니라 남의 배를 훔친 죄까지 처벌할까 봐 두렵다고 말했다. 우리는 의심을 받지 않으려고 그렇게 말했는데, 그렇게 말할 때마다 그는 늘 크게 웃었다. 우리는 배를 구해 보려고 최선을 다했지만 거래가 성사되지 못했는데, 시기하는 사람들이 방해했기 때문이다.

전임 좌수사는 새 직위로 옮겨간 지 6개월만에 왕에게

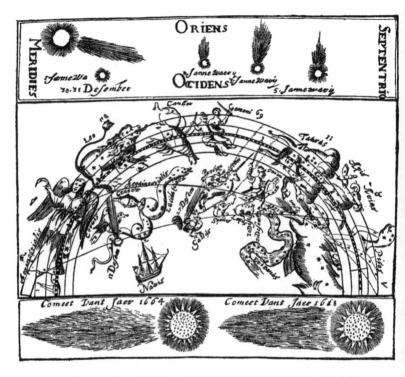

1664년 말 하늘에 범상치 않은 모양의 혜성이 나타나더니 수개월을 머물렀다.
조선 조정이 발칵 뒤집혔다. 얼마 전의 국난들(왜란, 호란)이 일어나기 직전에도
이와 같은 불길한 징조가 보였다는 것이다. 과연 온 나라가 전투 준비에 들어
갔다. 당시 이 혜성은 하멜의 고향인 암스테르담 하늘에서도 목격되었다. 그림
은 유럽에서 관측된 1618년의 혜성과 1664년의 혜성을 비교해 놓은 것이다.

@1665, Holland Melcurius

소환되었는데, 통치를 너무 가혹하게 했기 때문이었다. 그는 자비심이라고는 전혀 없어서 작은 잘못으로도 백성들을 너무 가혹하게 다뤄 죽게 하였다. 왕이 정강이에 태형 90대를 부과하고 종신 유배를 내렸다.

그해 말에 처음에는 꼬리가 하나 달린 별이, 그 다음에는 꼬리가 두 개 달린 별이 나타났다. 첫째 것은 두 달 동안 남동쪽 하늘에서 보였고 나중 것은 남서쪽 하늘에서 보였는데, 계속해서 꼬리를 가지고 서로를 비추었다.

이 현상은 조정에 커다란 불안감을 일으켰다. 왕[41]은 모든 항구와 전투함을 잘 정비시키고, 모든 성채에 군량미와 탄약을 비축시켰으며, 기병들과 보병들을 날마다 훈련시켰다. 바다에서 해안의 위치를 파악할까 봐 해안가의 집들은 밤에 불도 절대로 켜지 못하게 했다. 왜냐하면 청나라가 이 나라를 점령했을 때도, 일본 사람들이 전쟁을 일으켰을 때도 비슷한 징조가 하늘에 나타났었기 때문에 외침이 있을까 봐 두려웠던 것이다. 마주치는 사람마다 우리에게 '네

---

[41] 효종의 승하와 동시에 북벌론은 무산되었고, 현종이 대신들의 지리한 당쟁(서인과 남인의 예송논쟁)에 쩔쩔매던 시기다. 그러니 다시 전쟁이 날지도 모른다는 위기감은 온 나라에 실제보다 훨씬 더 큰 공포로 다가왔다.

딜란드에서는 하늘에서 그런 징조가 보이면 어떻게 하느냐'고 물었다. 우리는 혜성을 하늘이 내린 천벌로 생각하여 보통 전쟁이 나거나 기근이나 심각한 병이 발생할 징조로 여긴다고 대답했다. 그들이 우리의 말에 동의했다.

1665년

이 해에도 매우 어렵게 지냈다. 우리는 배를 구할 방도를 찾았으나 번번이 실패했다. 간신히 작은 배 한 척을 구하여 비상식량을 비축할 수 있었다. 전능하신 하나님께서 언젠가는 해결책을 주시기를 바라면서 그 배를 타고 섬들을 오가면서 살폈다. 다른 두 고을에 있는 우리 동료들도 어떤 좌수사가 임명되느냐에 따라 좋은 시절과 나쁜 시절을 왔다갔다 했다. 우리와 마찬가지로 부임하는 관료들이 호의적이었다가 악의적이었다가 했다. 우리는 모두 꾹 참을 수밖에 없었다. 낯선 이교도 나라의 불쌍한 포로들인 우리에게 굶어 죽지 않도록 충분히 주시는 하나님께 감사했다.

1666년

그해 초 우리는 친구 같은 좋은 좌수사를 또다시 잃었다. 재임 기간이 끝나 왕으로부터 더 높은 자리를 수여받았기 때문이다. 그는 2년간 우리에게 깊은 우정을 보여 주었다. 일반 평민들과 농부들도 그의 선함을 사랑하였다. 임금과 고관들도 그의 선정과 학식을 높게 평가하였다. 그는 재임 기간 동안 도시의 주택과 관아를 개량하고 해안 지대와 전투함 정비를 잘 감독하였으니, 왕과 조정에서 이런 점을 매우 높게 평가하여 그에게 더 높은 직책을 내린 것이다.

해안 지대의 수군좌수사 자리는 오랫동안 비워둘 수 없었다. 따라서 신임 사령관은 전임 사령관이 그 고을을 떠나기 전까지 도착해야 했다. 그런데 신임 좌수사는 사흘이나 지난 후에 왔다. 점쟁이가 부임하기에 좋은 날짜를 골라 주었기 때문이었다.

신임 좌수사는 앞서 말했던 유배된 좌수사처럼 우리를 다스리려 했으니, 우리에게 날마다 벼를 찧을 것을 요구했다. 우리는 대답하기를, 전임 좌수사는 이런 일을 전혀 시키지 않았고, 우리의 급료로는 간신히 끼니를 때울 정도여서 옷가지와 생필품을 얻기 위해 온갖 노력을 해야 하며,

왕이 우리를 이곳에 보낸 것은 노동을 시키기 위한 것이 아니라고 말했다. 우리에게 급료를 줄 수 없다면 자유롭게 나다니게 하여 식량과 옷가지를 장만할 수 있게 하든지, 아니면 동료들이 있는 아빠으로 보내달라고 했다. 그는 아무런 대답도 하지 않고 우리에게 돌아가라고 소리쳤다. 우리는 그렇게 하는 수밖에 없었다.

그런데 의외의 상황이 전개되었다. 얼마 후 전함 훈련을 하다가 포수의 부주의한 행동으로 화약 상자에 불이 붙는 사고가 있었다. 화약 상자는 항상 돛대 앞에 놓여 있기 때문에 배 이물이 거의 떨어져 나가고 다섯 명이 목숨을 잃었다. 좌수사는 이 사고를 관찰사에게 알리지 않고 숨기려 했는데, 관찰사에게 알려지고 말았다. 왜냐하면 왕이 보낸 암행어사가 방방곡곡에 퍼져 있었기 때문이다. 좌수사는 왕에게 붙잡혀 가고 정강이에 태형 90대를 선고받고 종신 유배를 받았다. 사고를 상관에게 보고하지 않고 숨기고 혼자 처리하려 했다는 이유였다.

7월에 다시 신임 좌수사가 부임했다. 그도 전임 좌수사처럼 우리에게 힘든 부역을 시키려 했다. 우리에게 매일 각자 새끼줄을 100바뎀(약 170미터)씩 꼬라고 요구했는데 그

것은 불가능한 일이었다. 우리는 전임 좌수사에게 했던 것처럼 우리의 사정에 대해 이야기했고 더 많은 자유를 달라고 했다. 그러나 그를 설득할 수 없었다. 그는 우리가 그런 일을 할 수 없다면 다른 일을 시키겠다고 했다. 만약 전임자도 면직되지 않았더라면 확실히 그렇게 시켰을 것이다. 우리 앞에 오직 노예 생활만이 펼쳐질 것이라는 게 명백해졌다. 한 관리가 결정한 일을 후속 관리가 바꾸기는 어렵기 때문이다. 우리는 뻬잉서(Peingse:병영)에서 일하고 잡초를 뽑고 화살까지 나르던 때를 기억하고 있었다. 일은 갈수록 늘어나기만 할 것이었다. 좋은 사령관을 만날 때까지는 늘 조심하며 지내는 수밖에 없었다.

우리는 그 좌수사와 잘 지내면서 구걸을 열심히 해서 배 한 척의 두세 배 대금을 마련해 보기로 했다. 우리에게 더 많은 어려움이 닥쳐오기 전에 어떻게 해서라도 배 한 척을 구해 보려고 애썼다. 불안과 슬픔 속에서 노예 생활로 이교도의 나라에서 사느니, 차라리 우리의 운명을 한번 시험해 보자 싶었다. 우리를 싫어하는 몇몇 사람에게 휘둘리는 삶이 슬프게 느껴졌다.

마침내 우리는 한 조선인을 선택했다. 날마다 우리를 방

우리는 새로 부임하는 관료의 자비만 구하는 처지, 노역의 목록이 늘어만 가는
노예 신세에 절망했다. 이렇게 사느니 차라리 하나님께 맡기고 운명을 시험해
보자고 결심했다. 그래서 구걸로 열심히 돈을 모아 배를 샀고, 1666년 9월 4일
달이 지고 썰물이 들기 전의 어둠을 틈타 배를 띄웠다. 여수 전라 좌수영의 전
투함들 사이를 숨죽여 빠져나가야 했는데 다행히 순풍이 불어 주었다.

@1668, Johannes Stichter

문하는 이웃사람이었다. 우리는 그에게 음식과 술을 대접했고, 얼마 후에 약간의 돈을 주며 배 한 척을 사달라고 부탁했다. 그와 함께 섬들로 다니면서 목화를 더 장만하고 싶다고 거짓핑계를 댔다. 목화를 더 많이 얻으면 그에게 더욱 보답하겠다고도 말했다.

그는 즉시 알아보더니 한 어부에게서 배를 한 척 샀다. 우리는 돈을 건네주고 그 배를 넘겨받았는데, 배를 판 어부가 우리가 샀음을 알자 거래를 취소하려고 했다. 그가 말하기를, 만일 우리가 그 배를 타고 도망이라도 가면 자신은 사형될 것이라고 했다. 그러나 우리는 그가 만족할 만큼 충분하게 두 배의 값을 제안했다. 그는 앞으로 닥쳐올 고통보다 돈에 더 눈이 멀었고 우리는 그 기회를 꼭 붙잡으려 했기 때문에, 거래는 성사되었다. 우리는 배의 닻과 밧줄, 노와 기타 필요한 것을 갖추었으며 음력 15일에 도망가기로 했다. 왜냐하면 그날이 가장 좋은 날씨이고 우기 전이기 때문이었다. 우리는 전능하신 신에게 우리의 안내자가 되어 달라고 기도했다.

우리는 마침 수니신(순천)에서 우리를 방문한 하급선의 마퇴스 이보껜Matheus Ibocken과 꼬르넬리스 더륵스Cornelis

Dircksz에게도 계획을 알렸다. 우리들은 이렇게 서로 왕래하며 지내고 있었다. 수니신에 사람을 보내서 항해사 얀 삐떠르서Jan Pieterse도 데려오기로 했다. 그런데 수니신에 도착하니 얀이 다른 동료를 만나러 15마일 더 떨어진 남만(남원)에 가고 없었다. 데리러 갔던 사람은 남만까지 가서 얀을 데리고 4일 후에 돌아왔다. 무려 왕복 50마일의 거리였다.

우리는 서로 더욱 세밀하게 상의했다. 9월 4일 장작까지 구해두고 모든 준비를 마친 뒤, 달이 지고 썰물이 들기 전에 닻을 올리고 하나님의 이름으로 떠나기로 하였다. 이웃들이 이미 수군거리고 있었기에 의심을 줄이기 위해서 저녁에 잔치를 열어 함께 즐거운 척했고, 그러는 동안에 쌀, 물, 냄비 등 더 필요한 것들을 성벽을 넘어서 몰래 배에 가져다 두었다. 달이 지자 다시 성벽을 넘어서 배에 탔고, 식수를 더 얻기 위해서 고을에서 대포 사정거리쯤 떨어져 있는 섬으로 갔다. 그 후 우리는 전투함들과 어선들 사이를 지나가야 했는데, 마침 순풍을 만나서 돛을 올리고 항만 밖으로 빠져나갔다. 하루가 저물 무렵 배 한 척이 우리를 불렀으나 대답하지 않았는데, 감시선일까 봐 두려웠기 때문이었다.

다음 날인 9월 5일, 해가 뜨자 바람이 잔잔해졌다. 우리는 돛을 내리고 노를 저었다. 좌수사가 추격해 올 것만 같아서 두려웠다. 돛을 내려야 우리를 발견하기가 더 어려울 것 같았다. 정오쯤 서쪽에서 바람이 불어오기 시작하기에 돛을 다시 올리고 항로를 추측하면서 방향을 남동쪽으로 잡았다. 저녁 무렵에 바람이 거세졌다. 우리는 꼬레이(조선)의 마지막 땅까지도 지나쳤기 때문에 더 이상 붙잡힌다는 걱정은 하지 않았다.

9월 6일 아침에 처음으로 야빤(일본) 섬들 중 하나에 근접했다. 우리는 같은 바람을 계속 받으면서 같은 속도로 항해하였다. 저녁 때, 나중에 야빤인들이 히라도(平戸:히라토)라고 알려준 곳 근처에 이르렀다. 우리들 가운데 어느 누구도 야빤에 가 본 적이 없었기 때문에 그 해안은 낯설었다. 꼬레이 사람들은 그러한 것들을 자세히 몰랐고, 그저 어떤 섬들도 우현右舷쪽에 있지 않아야 낭가삭께이(나가사키)로 간다고만 말했기 때문이다. 처음에 그 섬은 매우 작아 보였기 때문에 한 바퀴 빙 돌았다. 그날 밤 우리는 그 섬의 서쪽으로 갔다.

9월 7일, 변덕스럽게 계속 변하는 바람이 불면서 더 추워졌다. 우리는 섬을 따라 항해해 보고 그 섬에 오르려고 했는데, 그때서야 많은 섬들이 서로 나란히 놓여서 이어졌음을 발견했고 멀리 벗어나려고 애썼다. 저녁에 거센 바람이 불 것만 같아 정박할 만한 작은 섬을 찾았으나, 섬마다 불빛이 아주 많이 보여서 계속 항해하는 것이 나을 것 같았다. 그래서 순풍을 받으며 밤새도록 항해했다.

9월 8일 아침, 우리는 지난 저녁과 똑같은 장소에 있다는 것을 깨달았다. 조류潮流 때문에 그런 것 같았다. 그래서 이곳을 벗어나려고 먼바다 쪽으로 나갔다. 그런데 2마일쯤 나가자 강풍을 만났다. 우리의 작고 낡은 배로는 강력한 강풍을 뚫고 부두에 닿기 힘들었고, 대피할 만한 만을 찾기도 힘들었다. 오후에 간신히 어떤 만에 닻을 내렸다. 우리는 거기가 어떤 섬인지도 알지 못한 채 요리를 해서 끼니를 때웠다. 섬사람들이 우리 옆을 지나갔으나 우리를 방해하지는 않았다.

저녁이 되니 날씨는 좀 잠잠해졌다. 옆구리에 칼을 2개씩 찬 무사 6명이 이쪽으로 노를 저어 왔고, 한 사람이 해안가에 내렸다. 우리는 즉시 닻과 돛을 올리고 노를 저어서 바다로 도망나가려 했다. 그러나 그 배가 쫓아와서 우리를 추월했다. 바람이 우리를 향해 맞받아 불지 않고 다른 배들까지 만 밖으로 따라 나오지 않았다면, 미리 준비한 막대기와 장대로 어떻게든 그들을 우리에게서 떼어냈을 것이다. 그런데 그들은 어디선가 들었던 야빤인처럼 생겼고, 몸짓으로 우리에게 어디로 가느냐고 묻는 것 같았다. 우리는 언젠가 야빤에 도착하면 꺼낼 목적으로 만든 황태자 깃발[42]을 돛대에 올리고 "홀란도! 낭가삭께이!" 하고 외쳤다. 그들은 몸짓으로 우리에게 돛을 내리고 노를 저어 들어오라고 했다. 우리는 그렇게 했다.

그들은 우리의 배에 오르더니 노를 젓던 동료를 그들의 배로 데려갔다. 잠시 후 우리는 어떤 마을로 끌려갔다. 거기서 그들은 우리 배를 커다란 닻과 굵은 밧줄로 꽁꽁 잡아매고서 감시선으로 우리를 감시했다. 또 다른 한 사람을 데려가더니 두 명 다 뭍에 상륙시켜서 심문했다. 하지만 그들은 서로의 말을 알아듣지 못했다. 온 마을 주민들이 온통 와자지껄 떠들고 있었는데, 다들 칼을 한두 자루씩 차고 있었다. 우리는 슬픈 눈빛으로 서로 바라보며 모든 일이 끝났

---

42 1570년 네덜란드가 스페인과의 해전에서 사용한 깃발로, 위에서부터 오렌지 – 흰색 – 파랑색. 1630년부터 빨간색 – 흰색 – 파랑색으로 바뀌었다.

여수 앞바다를 탈출한 지 닷새째, 옆구리에 칼을 2자루씩 찬 무사들의 배가 쫓아와서 절박한 심정으로 "홀란드, 낭가삭께이!"를 외쳤다. 다행히 그들은 일본인이었고 우리를 낭가삭께이까지 데려다 주었다. 마침내 네덜란드 동인도회사의 상선 5척과 마주한 순간, 우리는 감사의 기도를 올렸다. 하지만 곧장 귀국하지 못하고 1년간 에도(도쿄) 께이서르(쇼군)의 허가 서신이 오기를 기다렸다.

@1668, Johannes Stichter

다고 생각했다. 그들은 낭가삭께이 쪽을 가리키며, 우리 나라 배와 사람들이 거기에 있다는 것을 확신시켜서 우리의 사기를 돋우려고 하였다. 그러나 우리는 함정에 갇혔고 탈출할 수 없다는 의심을 풀지 않았다.

밤에 커다란 배가 만 안으로 노를 저어 들어왔다. 나중에 들어서 안 이야기지만 그 섬에서 서열 세 번째인 사람이 타고 있었다. 그는 우리를 보고는 네덜란드 사람이라고 알아보았다. 그는 손짓 발짓을 다하여, 낭가삭께이에 네덜란드 배가 5척 있으니 4~5일 후에 그곳에 데려다 주겠다고 우리를 안심시켰다. 이곳은 고또(伍島:고토) 섬이며, 주민들은 일본인들인데 께이서르(Keijser:쇼군)[43]의 지배를 받는다고 했다. 그들은 우리에게 어디에서 오느냐고 손짓으로 물었고, 우리도 손짓 발짓으로 조선에서 왔다고 알려주었다. 또한 13년 전에 조선의 섬에서 배를 잃었으며, 지금은 낭가삭께이로 가서 다시 우리 동포들을 만나려 한다고 했다. 이렇게 되자 서로 약간 기분이 좋아졌으나, 우리는 아직도 두려웠다. 왜냐하면 조선인들이 우리에게 일본의 섬에 도착한 외

---

43 카이사르, 카이저, 시저 등등은 서양에서 황제(최고 통치자)에 대한 호칭이다. 당시 일본은 막부정치 시대였기 때문에, 최고 통치자가 천황이 아니라 쇼군이었다.

국인은 누구나 맞아 죽는다고 말했고, 우리는 작고 초라한 낡은 배로 낯선 바다를 40마일이나 항해했기 때문이다.

9월 9일, 10일, 11일 사흘간, 우리는 닻을 내리고 있었는데 배 안에서도 육지에서도 심한 감시를 받았다. 우리는 음식, 물, 장작, 그 외 필요한 것들을 공급받았다. 비가 계속 내렸기 때문에 우리는 배가 젖지 않도록 멍석을 씌웠다.

9월 12일에 그들은 우리들에게 낭가삭께이로 떠날 준비를 하게 했다. 정오에 닻을 올려서 출항했고, 저녁 무렵 섬의 다른쪽 마을에 도착해서 닻을 내렸다. 그곳에서 하룻밤을 지냈다.

9월 13일, 해가 뜨자 앞에서 말한 서열 세 번째인 사람이 자신의 배를 타고 께이서르(쇼군)에게 보여 줄 편지 한 통과 물건들을 가지고 떠났다. 우리도 닻을 올리고 큰 배 두 척, 작은 배 두 척의 호위를 받으며 출발했다. 육지로 데려갔던 동료 두 사람은 큰 배에 태워졌는데, 나중에 낭가삭께이에서 다시 만났다. 저녁 때 낭가삭께이 만 앞에 도착했고, 한밤중에 낭가삭께이 항구에 정박하고 닻을 내렸다. 우리는 거기에서 네덜란드 배 다섯 척을 보았다. 고또(고토) 주민들은 우리를 호의로 대접했고, 우리에게 아무것도 요구하지 않았다. 우리가 가진 것이라곤 쌀뿐이어서 약간의 쌀을 선사했으나 거절당했다.

9월 14일 아침, 그들이 우리 모두를 육지로 데려갔는데 동인도회사의 통역관들이 우리를 환영했다. 그들은 우리들에게 많은 것을 물었으며 심문한 것을 글로 적어 낭가삭께이 총독(태수)에게 전달했다. 정오 무렵 태수가 우리를 불러서 다음과 같은 질문을 하였고, 우리는 그에게 아래에 적은 것과 같이 답변하였다. 태수는 엄청난 위협이 있는 그토록 넓은 바다를 낡고 초라한 배로 헤쳐 나와 자유를 얻었다며 우리를 칭찬했다. 그러고는 통역에게 우리를 데지마 섬[44]의 네덜란드 상관장에게 데려가라고 명령했다.

데지마 섬에서 귀족이자 총사령관인 빌럼 폴허르Willem Volger와 제2인자인 니꼴라에스 더 루이Nicolaes de Roeij와 그 자리에 있던 다른 관리들이 우리를 환영했다. 우리는 네덜란드 전통옷도 받았다. 감옥 같은 13년 28일 동안, 그토록 큰 슬픔과 고통에서 우리를 해방시켜 주신 하나님께 어떻

---

44 왜란(조일전쟁) 이후 일본은 센고쿠 시대(전국 시대)가 끝나고 에도 막부가 들어섰다. 에도 막부는 네덜란드와 교역하되, 그들이 본토에는 들어오지 않도록 나가사키 앞바다에 인공섬 '데지마'를 만들어서 그곳에 외국 상관의 설치를 허락했다.

게 감사를 다해야 할지 말할 수 없었다. 우리는 아직도 그곳에 남아 있는 8명의 동료들에게도 축복을 주시어 그들이 조국에 올 수 있도록 전능하신 신이 도와주시기를 빌었다.

10월 첫날 폴허르 각하께서 섬을 떠나셨고, 10월 23일 배 7척이 출항했다. 우리는 슬픔 속에서 그 배들을 바라보았다. 우리는 각하와 함께 바따비아로 항해한다고만 생각했었는데 낭가삭께이 태수는 우리들을 1년 동안 더 붙잡아 두었다.

10월 25일, 데지마 섬 통역관은 우리들을 다시 태수에게 데려갔다. 그는 그 전에 언급한 질문을 다시 물었다. 우리도 앞서 대답했던 대로 말했다. 그러고 나서 통역관이 우리를 다시 섬으로 데리고 왔다.

다음은 1666년 9월 14일과 10월 25일, 두 차례에 걸쳐 낭가삭께이 태수가 질문하고 우리들이 대답한 내용이다.

1. 당신들은 어느 나라 국민이고 어디에서 왔는가?

☞ 우리는 네덜란드 사람이고 조선에서 왔다.

2. 어떻게 무슨 배로 조선으로 가게 되었나?

☞ 닷새 동안 계속된 폭풍우로 1653년 8월 16일, 스뻬르베르 호가 좌초되었다.

3. 어디에서 좌초했으며, 사람들은 몇 명이었고, 대포는 몇 문이나 있었나?

☞ 우리가 꾸웰빠르츠 섬이라고 불렀던 꼬레이(Coree:조선)의 쩨주(Chesu:제주)라는 곳에 좌초했다. 선원은 총 64명이었고 대포는 30문 있었다.

4. 꾸웰빠르츠 섬은 본국에서 얼마나 떨어져 있으며, 어떤 곳인가?

☞ 본토에서 남쪽으로 대략 10~12마일 떨어져 있는데, 아주 풍요로워서 인구가 많다. 섬 둘레는 15마일 정도다.

5. 배를 타고 어디서부터 왔으며, 어디를 들렀는가?

☞ 1653년 6월 18일 바따비아를 떠나 따이완으로 향했다. 배에는 따이완 총독 페르뷔륵흐 님의 후임자인 께이사르 님이 타고 계셨다.

6. 배에 싣고 있던 짐은 무엇이고, 어디로 가져가던 길인가? 그리고 당시 최고책임자는 누구였는가?

☞ 우리는 따이완에서 야빤으로 가는 길이었고 사슴 가죽, 설탕, 명반과 다른 물품들을 싣고 있었다. 당시 데지마 상관장이던 꼬에이엣트Coijet에게 줄 것들이었다.

7. 스뻬르베르 호의 선원들과 물건들과 대포들은 지금 어디에 있는가?

☞ 난파 당시 28명이 익사했고 물건들과 대포들은 잃어버렸다. 일부는 건질 수 있었지만 별로 중요하게 여겨지지는 않았으며, 지금 그 물건들이 어디에 있는지는 모른다.

8. 난파 사고 후에 조선인들이 어떻게 대했나?

☞ 그들은 우리를 감옥 같은 집에 두었으나 잘 대해 주었으며, 아무 짓도 하지 않고 먹을 것과 마실 것도 주었다.

9. 시나 및 다른 나라의 배를 나포하거나 시나 해안을 습격하라는 명령을 받았는가?

☞ 우리는 곧장 야빤으로 가라는 것 외에는 다른 어떠한 명령도 받지 않았다. 그런데 폭풍으로 항로를 벗어나서 꼬레이 해변가에 난파된 것이다.

10. 기독교인이나 홀란드 외 다른 국적을 가진 사람들이 타고 있었는가?

☞ 회사의 근무자들 외에는 아무도 없었다.

11. 그 섬에서는 얼마나 있었으며, 그 이후 어디로 이송되었는가?

☞ 꾸웰빠르츠 섬에서 약 10개월 정도 머문 다음, 왕이 사는 시오르라는 곳으로 이송되었다.

12. 시오르는 쩨주에서 얼마나 떨어져 있고, 시간은 얼마나 걸렸는가?

☞ 쩨주는 본토에서 10~12마일 정도 떨어져 있다. 본토 남쪽에서 말을 타고 14일 동안 여행했고, 수로와 육로를 모두 합해 대략 90마일(약 650킬로미터) 정도다.

13. 왕도 한양에서는 얼마나 살았고, 거기서 무엇을 하였는가? 왕은 살아갈 수 있도록 무엇을 주었는가?

☞ 우리는 그곳에서 3년간 그들의 관습대로 살았고, 훈련대장의 호위병으로 지냈다. 수당은 각자에게 쌀 70깟떼이와 몇 가지 의복이 주어졌다.

14. 어떤 이유로 다른 장소에 옮겨졌으며, 어디로 보내졌는가?

☞ 일등항해사와 어떤 동료 하나가 몰래 청나라 사신을 만나서 중국을 거쳐 고국으로 돌아가게 해달라고 청했기 때문이다. 이것이 실패해서 왕은 우리를 썰라도로 추방했다.

15. 청나라 사신에게 갔던 그 두 사람은 이후에 어떻게 되었는가?

☞ 그들은 즉시 감옥에 갇혔다. 그들이 처형되었는지 자살을 했는지 확실하게 알지 못하는데, 그것은 정확한 소식을 들을 수 없었기 때문이다.

16. 조선 땅이 어느 정도 큰지 알 수 있는가?

☞ 조선은 남북으로 길이가 140~150마일 정도고, 동서 너비는 70~80마일 정도다. 8개의 도와 360개의 도시로 나뉘어져 있으며, 크고 작은 섬들로 구성되어 있다.

17. 거기에서 기독교인이나 다른 외국인을 본 적이 있는가?

☞ 홀란드에서 온 얀 얀스 벨떠프레이 외에는 아무도 보지 못했다. 그는 1627년에 배를 타고 따이완에서 야빤으로 가려다가 폭풍우를 만나 쩨주 해안에 표류했고, 식수 때문에 어쩔 수 없이 보트를 타고 상륙했다가 3명이 붙잡혔으며, 그 중 2명은 청나라

사람들이 쳐들어왔을 때 싸우다가 죽었다. 전쟁 때문에 자신들의 나라에서 그곳으로 피난온 중국인도 몇 사람 있었다.

18. 앞에서 말한 얀 얀스 벨떠프레이는 아직도 살아 있는가? 그는 어디에 살고 있는가?

☞ 당시에는 한양에 살았는데, 벌써 십 년 동안이나 보지 못했기 때문에 그가 아직 살아 있는지는 확실히 알지 못한다. 어떤 이들은 그가 아직 살아 있다고 하고 어떤 이들은 그가 이미 죽었다고 한다.

19. 조선인의 무기와 전쟁 도구는 어떠한가?

☞ 그들의 무기는 소총, 도끼, 화살과 활이다. 작은 대포들도 약간 가지고 있다.

20. 조선에는 성이나 다른 방어 시설들이 있는가?

☞ 고을마다 작은 방어용 성채가 있고 높은 산들에는 큰 산성들이 있다. 그곳은 전쟁 때 피난을 위한 요새이며 3년치 식량을 항상 비축하고 있다.

21. 바다에는 어떤 종류의 전함이 있는가?

☞ 해안가 도시들은 각기 전함을 갖고 있어야 하며, 각 배에는 2백~3백여 명이 탈 수 있다. 노를 젓는 군인들과 작은 대포 등이 실려 있다.

22. 조선인들은 전쟁 중인가? 혹은 공물을 바쳐야 하는 왕이 있는가?

☞ 그들은 전쟁을 하고 있지 않았으며 청나라 사신이 공물을 가지러 두세 차례 방문한다. 일본에도 공물을 바치지만 그 양이 얼마인지는 알지 못한다.

23. 그들은 어떤 종교를 가지고 있으며, 너희들에게 개종을 요구한 적이 있었는가?

☞ 우리가 느끼기에 중국인과 같은 신앙을 가졌다. 그들은 우리 중 아무에게도 강요하지 않았고 개개인에게 맡겼다.

24. 사원과 불상은 많은가? 그러한 것들은 어떻게 섬겨지는가?

☞ 산에 사원들이 많고 그곳에 불상이 많다. 우리가 생각하기에 중국인들 방식으로 섬기는 것 같다.

25. 승려들은 많은가? 그들은 어떻게 삭발을 하고 옷을 어떻게 입었는가?
☞ 승려들이 넘치도록 많은데, 그들은 스스로 일하고 구걸해서 자신의 경비를 마련해야 한다. 그들의 의복과 머리 모양은 일본의 승려들과 같다.

26. 양반들과 서민들의 의복은 어떠한가?
☞ 대부분 중국식으로 복장을 갖추었다. 머리에는 말총이나 소꼬리로 만들어진 갓이나 대나무로 만든 갓을 쓰기도 하며 양말(버선)과 신발을 신는다.

27. 쌀이나 다른 작물들을 재배하는가?
☞ 곡물들은 대체로 비에 의존하기 때문에, 비가 많은 해에는 남부 지방에서 쌀과 다른 곡식이 넘쳐난다. 하지만 1660년~1662년처럼 큰 기근이 발생한 해에는 수천 명이 굶어 죽었다. 남쪽은 목화도 많

이 난다. 북쪽은 날씨가 춥기 때문에 쌀을 재배할 수가 없다. 그래서 대부분 보리와 곡식가루로 겨우 지낸다.

28. 말과 소들은 많이 있는가?

☞ 말은 넘쳐나는데, 2~3년 전염병이 퍼져서 가축들이 많이 줄었고, 그 전염병은 아직도 남아 있다.

29. 무역을 하기 위해 조선에 온 외국인들이 있는가? 만일 있다면 그들의 교역의 장소는 어디인가?

☞ 상관을 가지고 있는 일본 외에는 무역하러 오는 사람이 아무도 없다. 그들은 단지 중국 북쪽 지역과 빡낀에서만 교역을 한다.

30. 일본인 주둔지를 가본 적이 있는가?

☞ 그러한 것은 엄격하게 금지되었다.

31. 그들의 교역 수단은 무엇인가?

☞ 수도에 거주하는 양반들은 주로 은으로 거래한다.

평민들은 수도에 살거나 다른 도시에 살거나 상관 없이 면으로 거래하고, 자신이 가지고 있는 가치 있는 물건을 쌀이나 다른 곡식으로 거래한다.

32. 그들은 중국과 어떠한 교역을 하는가?
☞ 그들은 인삼, 은 그리고 여러 가지 것들을 중국으로 가져가서, 우리들이 야빤으로 가져온 비단 옷감 같은 것과 교환한다.

33. 은광이나 다른 채광 장소가 있는가?
☞ 몇 년 전에 은광이 몇 개 개발되었다. 왕이 그 은광의 1/4을 가져가며 다른 채광 장소에 대해서는 듣지 못했다.

34. 그들은 인삼을 어떻게 찾아내며, 그것으로 무엇을 하고 어디로 운반하는가?
☞ 인삼은 북쪽 지방에서 발견되는데 그것들은 약재로 이용되며, 매년 청나라에 공물로 바치며 상인들은 중국이나 일본으로 내다 판다.

35. 중국과 조선이 서로 붙어 있다는 것에 대해 들어본 적이 있는가?

☞ 그들 말에 따르면 큰 산을 사이에 두고 붙어 있는데, 겨울에는 아주 춥고 여름에는 야생 동물들 때문에 여행하기에 위험하고 그래서 대개 육로로 여행하고 겨울에는 안전을 위해 얼음 위로 지나간다.

36. 조선에서는 총독을 어떻게 임명하는가?

☞ 각 도의 수령(관찰사)들은 1년마다, 보통의 수령들은 3년마다 바뀐다.

37. 쎨라도 지방에서는 얼마 동안 함께 살았으며, 생활비와 의복은 어떻게 마련했는가?

☞ 전라병영에서 7년 정도 함께 살았고, 매달 50깟떼이의 쌀을 받았다. 의복과 반찬은 착한 사람들에게 얻었다. 그동안 11명이 죽었다.

38. 왜 너희들은 다른 곳으로 보내졌는가? 그곳의 지명은 무엇인가?

☞ 1660~1662년에 비가 내리지 않아서 한 곳에서 우리의 임금(쌀)을 감당하기가 버거웠기 때문이다. 왕(현종)이 1663년에 우리를 사에이시운에 12명, 수니신에 5명, 남만에 5명씩 분산시켰다. 세 도시 모두 쎨라도에 있다.

39. 쎨라도는 얼마나 크며, 어디에 있는가?

☞ 남쪽에 있는 도인데, 시가 52개 있고 인구가 밀집되었으며 생산량이 많은 곳이다.

40. 왕이 너희들을 보냈는가, 아니면 탈출했는가?

☞ 왕이 우리를 내보내지 않을 것을 알기 때문에 8명이 기회를 엿보고 있다가 탈출했다. 이교도 나라에서 늘 불안하게 사느니 차라리 죽는 것이 더 낫다고 생각했기 때문이다.

41. 감시는 얼마나 심했는가? 탈출 계획을 다른 사람에게 알렸는가, 알리지 않았는가?

☞ 남은 선원들 중에서 건강한 사람은 16명이었는데,

나머지 8명에게는 알리지 않고 탈출했다.

42. 왜 8명에게는 알리지 않았는가?

☞ 모두 함께 올 수 없었기 때문이다. 매달 초하루와
보름날에 각자의 고을 수령 앞에서 점검을 받아야
하며, 외출하려면 교대로 허가를 받아야만 했다.

43. 그들이 이곳 일본으로 올 수 있다고 생각하는가?

☞ 황제(쇼군)께서 조선 왕에게 서신을 보내는 것 외
에 다른 방법은 없는데, 그렇게 하면 그들이 올 수
있을 것이다. 왜냐하면 황제가 해마다 난파된 조선
인들을 되돌려보내기 때문에 조선 왕도 그러한 요
청을 거절할 수 없을 것이다.

44. 탈출을 여러 번 시도했는데 왜 두 번씩이나 실패했
는가?

☞ 이것이 세 번째 탈출 항해로 앞서 두 차례는 실패
했다. 첫 번째는 꾸웰빠르츠 섬에서 조선의 배를
조정할 줄 몰라 돛대가 두 번이나 부러졌기 때문이

며, 두 번째는 한양에서 청나라 사신에게 갔었는데 그 사신들이 조선 왕에게 매수되었기 때문이다.

45. 혹시 왕에게 보내달라고 요청한 적은 없는가? 무엇 때문에 왕이 그것을 거절했는가?

☞ 임금과 조정 대신들에게 여러 차례 요청했지만, 언제나 우리가 받은 답변은 '외국인을 조선국 밖으로 내보낸 적이 없다'는 것이었다.

46. 배는 어떻게 구했는가?

☞ 구걸로 많은 것을 얻었고 그것으로 배를 샀다.

47. 혹시 이 배 외에 다른 배를 가진 적이 있었는가?

☞ 이 배가 세 번째 배다. 이전의 두 척은 너무 작아서 일본까지 올 수 없었다.

48. 어디에서 탈출했는가? 살던 곳인가?

☞ 사에이싱흐(여수 좌수영)에서 탈출했는데 거기에서 다섯 명이 살았고, 세 명은 수니신에 살았다.

49. 그곳에서 여기 낭가삭께이까지의 거리는 얼마이
   며 시간은 얼마나 걸렸는가?

☞ 사에이싱흐에서 낭가삭께이까지 약 50마일 정도
   다. 그 전에 고또에 도착하는 데 3일이 걸렸고, 고
   또에 4일간 머물렀으며, 고또에서 여기까지 2일이
   걸렸으므로 총 9일이다.

50. 왜 고또에 왔으며, 우리가 다가갔을 때 왜 가려고
   했는가?

☞ 폭풍우 때문에 어쩔 수 없이 그곳에 들렀던 것이
   며, 날씨가 약간 좋아지면 낭가삭께이를 찾아가려
   고 했다.

51. 고또 사람들은 어떻게 대해 주었는가? 그들이 무
   엇을 요구하거나 얻어간 것이 있었는가?

☞ 그들은 우리 동료 두 사람을 육지로 데려갔다. 우
   리를 잘 대접해 주었으며 그 대가로 무엇인가를 요
   구하거나 얻어가지 않았다.

52. 너희들 중 일본을 다녀간 사람이 있는가? 항로는
어떻게 알았는가?

☞ 아무도 다녀간 사람이 없다. 항로는 낭가삭께이에
다녀간 적이 있는 조선 사람 몇 명이 가르쳐 줬다.
항로에 대해서는 우리의 항해사도 거기에 대해 어
느 정도 개념을 갖고 있었다.

53. 그곳에 남아 있는 사람들의 이름, 나이, 항해 당시
의 직책, 그리고 현재 살고 있는 장소를 말하라.

1. 요한니스 람뻰Johannis Lampen, 조수, 36세

2. 헨드릭 꼬르넬리썬Hendrick Cornelissen, 이등갑판장,
37세

3. 얀 끌라에스전Jan Claeszen, 요리사, 49세
위의 세 사람은 남만에 거주한다.

4. 야콥 얀스Jacob Janse, 조타수, 47세

5. 안또네이 울더릭Anthonij Ulderic, 포수, 32세

6. 글라에스 아렌천Claes Arentszen, 급사, 27세
위의 세 사람은 수니신에 거주한다.

7. 산더르 바스껫Sander Basket, 포수 41세

8. 얀 얀서 뻴뜨Jan Janse Pelt, 하급 갑판원, 35세

　위의 두 사람은 사에이시운에 거주한다.

54. 당신들의 이름, 나이, 항해 당시의 직책을 밝히라.

1. 헨드릭 하멜Hendrick Hamel, 서기, 36세

2. 호베르트 데네이젼Govert Denijszen, 조타수, 47세

3. 마테우스 이복껀Mattheus Ibocken, 하급선의, 32세

4. 얀 삐떠르젼Jan Pieterszen, 포수, 36세

5. 헤릿트 얀젼Gerrit Janszen, 포수, 32세

6. 꼬르넬리스 더륵서Cornelis Dirckse, 항해사, 31세

7. 베네딕투스 클러르크Benedictus Clkercq, 급사, 27세

8. 데네이스 호베르쳔Dernijs Govertszen, 급사, 25세

1667년 10월 22일 정오쯤 신임 태수의 부임과 함께 출국이 허락되었다. 저녁 무렵에 더스뻬뢰우De spreeuw 호를 타고 더빗떠레우De Witte Leeuw 호와 선단을 이루어 바따비아를 향해 출항할 준비를 했다.

10월 23일 동이 트자 닻을 올리고 낭가삭께이 만에서 출발했다. 바따비아의 정박지에 도착하여 닻을 내린 우리들은 하나님께 기도했다. 우리를 그토록 신의 은총으로 보살펴 주고 이교도의 손에서 구하셨으며 14년 동안 심한 고통과 슬픔에 찬 방랑에서 구해 주셨고, 그리고 지금 나머지 사람들까지도 데려오게 한 것을 감사한다.

위에서 언급한 꼬레이 왕국을 찾으려면 서부 지역 또는 난낀의 만곡부에서 북위 40도까지 뒤져야 하며, 그곳에는 큰 강이 바다로 흘러 들어간다. 이 강은 시오르라는 곳에서 반 마일쯤 뻗어 흐르며, 그곳에는 모두 임금을 위한 쌀과 다른 조세들을 큰 군함으로 실어 나른다. 강 입구에서 8마일쯤 떨어진 곳에 창고가 있는데, 물건들은 짐수레로 날라 도성에까지 옮긴다.

시오르라는 도시에는 임금이 궁궐을 갖고 있다. 이곳에

대부분의 양반들이 살고 있으며, 시나나 야빤과 거래하는 아주 큰 거상들도 거주한다. 모든 상품들은 먼저 이곳을 거 쳤다가 지방으로 퍼져 나간다. 또 많은 거래는 은으로 하기 때문에 대부분 고관들의 손에 달려 있다. 다른 도시나 시골 에서는 면과 곡식으로 거래가 행해진다. 배를 타고 꼬레이 에 들어가려면 서부 지역으로 접근해야 하는데 그 이유는 남쪽과 동쪽에는 아주 많은 바위들, 다시 말해 암초들이 있 기 때문이다. 꼬레이 뱃사람들에 따르면 서부 지역이 가장 좋다고 한다.

'스뻬르베르 호의 항해 일지'를 옮기며

　대한민국 사람이면 누구나 한 번쯤은 《하멜 표류기》에 대해서 들어 보았을 것이다. 그가 어느 나라 사람이며 어디에서 왔으며 어느 곳으로 갔는지는 알지 못한다 하더라도 대부분의 사람들은 그의 이름은 들어 보았을 것이다.

　헨드릭 하멜Hendrick Hamel은 지금으로부터 367년 전 여기에서 아주 멀리 떨어진 네덜란드라는 조그마한 나라에서 큰 바다를 건너 우리 땅을 밟고 돌아간 서양 사람이었다. 그가 우리 땅을 밟은 최초의 서양 사람은 아니지만, 우리 나라에 대해 정확히 기술한 최초의 서양인인 것은 분명하다.

그가 우리 땅을 밟게 된 것은 자의가 아니었으며, 우리 땅에서 살다간 그의 삶은 즐거운 생활이 아니었다. 하멜이 탄 배가 일본으로 항해하는 도중 큰 폭풍우를 만나 제주도에 표류하게 되어 어쩔 수 없이 13년이라는 긴 세월을 머물 수밖에 없었기 때문이다. 13년은 결코 짧은 세월이 아니었으며 특히 생김새가 다른 서양인에게는 더욱더 긴 세월이었을 것이다. 인고의 시간을 이겨낸 그는 마침내 탈출을 결행하여 모국 네덜란드 땅을 다시 밟았다.

하멜이 다른 동료들과 달랐던 점은 낯선 나라에서 보낸 13년의 세월을 잊지 않고 고스란히 기록으로 남겼다는 것이다. 그가 손수 적은 일지와 당시 우리 나라의 풍속에 대해 적은 글은 서양 사람들의 호기심을 자극하기에 충분했고, 1668년 로테르담과 암스테르담에서 《스뻬르베르 호의 불행한 항해 일지(Journael van de Ongeluckige Voyagie van 't Jacht de Sperwer)》라는 제목으로 출판되었다. 그 후에 이 책은 영어, 독일어, 프랑스어, 일본어, 한국어 등으로 번역되었다.

네덜란드어판 《하멜 보고서》를 번역해 달라는 의뢰를 받았을 때, 처음에는 그리 어렵지 않을 것이라고 생각했다.

그런데 작업이 진행되면서 나는 두 가지 복잡한 감정에 휩싸였다. 첫째는 17세기 중세 네덜란드어의 난해함에 놀랐고, 둘째는 중세 네덜란드어라는 안개 속을 헤치고 희미하게 드러나는 당시 조선의 시대적 상황에 대한 하멜의 세밀한 묘사와 기록에 놀랐다.

처음에는 헨니 사브나이에(Henny Saveniji, 이해송) 교수님이 하멜의 원본 필사본을 꼼꼼히 옮겨 놓은 사본을 가지고 이 책의 번역을 시작했다. 그러나 17세기 네덜란드어는 지금의 네덜란드어와 표기가 많이 달라서 번역하기가 힘들었다. 그래서 고어 번역을 끝낸 후 표현이 모호한 몇몇 부분은 헨니 교수님께 도움을 청해, 다시 현대 네덜란드어로 번역된 사본을 참조하여 번역을 마쳤다. 번역은 가능한 한 17세기 원본에 충실하고자 했으나 중세 네덜란드어는 앞서 이야기했듯 지금의 네덜란드어와 표기법이 달라서 문장의 끝과 시작을 구분하기가 어려웠다. 또한 현대 네덜란드어를 보지 않고서는 이해되지 않는 점도 많아 헨니 교수님의 도움이 없었더라면 이 책을 번역하기가 아주 어려웠을 것이다.

또 다른 난관은 하멜이 적은 당시 한국 지명과 그의 동료인 네덜란드 사람들의 이름을 한국어로 적어야 하는 발음 표기 문제였다. 17세기 우리말 발음은 현대 국어의 발음과는 사뭇 다르다. 17세기 네덜란드어의 발음 역시 지금의 발음과 달라서 네덜란드 사람조차도 중세 네덜란드어를 전공하지 않고서는 그 정확한 발음을 알 수 없는 형편이다. 인명과 지명은 최대한 네덜란드어 원음에 가깝게 표기하고자 노력했으나, 17세기 네덜란드어를 근거로 지금과 전혀 다른 발음을 가진 조선시대 지명을 현대 지명으로 유추하고 표기하기란 그리 쉬운 문제가 아니었음을 밝힌다.

주위의 많은 분들이 도와주시지 않았다면 이 책의 번역은 불가능했을 것이다. 우선 나의 은사님이며 이 책의 감수를 맡아 주신 한국외국어대 네덜란드어과 김영중 교수님, 번역을 도와주고 네덜란드 상황에 대한 정보를 주신 강재형 선배님, 이성한 선배님께 감사드린다.

옮긴이 유동익

한국외국어대학교에서 네덜란드어를 전공하고, 네덜란드 레이던대학교에서 법학 석사, 언어학 박사 과정을 수료했다. 한국외국어대학교와 네덜란드 교육진흥원에서 네덜란드어 강의를 했고, 현재 네덜란드 가톨릭방송국 한국 특파원이며, 해외연수를 위한 공무원과 유학준비생들에게 네덜란드어를 가르치면서 네덜란드 작품을 한국에 소개하고 있다. 옮긴 책으로 《하멜 표류기》, 《동생이 안락사를 택했습니다》, 《반 고흐와 나》, 《지도를 따라가는 반 고흐의 삶과 여행》, 《레닌그라드의 기적》, 《생각에 기대어 철학하기》, 《스페흐트와 아들》 등이 있다.

하멜 표류기
1668년 오리지널 초판본 표지디자인

초판 1쇄 펴낸 날 2023년 8월 1일

지 은 이   헨드릭 하멜
옮 긴 이   유동익
펴 낸 이   장영재
펴 낸 곳   (주)미르북컴퍼니
자 회 사   더스토리
전   화   02)3141-4421
팩   스   0505-333-4428
등   록   2012년 3월 16일 (제313-2012-81호)
주   소   서울시 마포구 성미산로32길 12, 2층 (우 03983)
E - m a i l   sanhonjinju@naver.com
카   페   cafe.naver.com/mirbookcompany
S N S   instagram.com/mirbooks

* (주)미르북컴퍼니는 독자 여러분의 의견에 항상 귀 기울이고 있습니다.
* 파본은 책을 구입하신 서점에서 교환해 드립니다.
* 책값은 뒤표지에 있습니다.